AF813040

Le Labyrinthe d'Egon

De Pooter Olivie

FSC
www.fsc.org
MIXTE
Papier issu de sources responsables
Paper from responsible sources
FSC® C105338

Édition : BoD · Books on Demand, 31 avenue Saint-Rémy,
57600 Forbach, bod@bod.fr
Impression : Libri Plureos GmbH, Friedensallee 273,
22763 Hamburg (Allemagne)
Dépôt légal : Mai 2025

 ISBN : **978-2-3226-3483-5**

REMERCIEMENTS

À ceux qui savent que parfois, il faut se perdre pour mieux se retrouver.
À ceux qui, à travers le labyrinthe de leurs propres vies, continueront de chercher la sortie avec courage.
Ce livre est pour vous.
Merci de croire que derrière chaque mur, il existe toujours un chemin.

Table des matières

L'histoire est entièrement vraie puisque je l'ai imaginée d'un bout à l'autre.

(Boris Vian)

AVANT-PROPOS

Écrire une histoire, c'est se perdre dans un labyrinthe. Chaque mot est un couloir, chaque personnage une ombre qui nous guide ou nous égare. Le Labyrinthe d'Egon est né de cette idée : comment s'échapper d'un lieu que l'on a soi-même construit ? Comment briser les murs invisibles d'une existence enfermée dans des souvenirs, des regrets, et des silences pesants ?

Ce roman est une plongée dans l'âme humaine, avec ses failles, ses désillusions, et cette quête incessante d'un ailleurs meilleur. Egon, Lisa, Miguel et les autres ne sont pas de simples noms couchés sur le papier. Ils portent en eux des vérités que nous avons tous côtoyées un jour, sous une forme ou une autre : l'amour qui s'étiole, l'enfermement dans des choix passés, la peur du changement, mais aussi ce désir inavoué de liberté.

L'histoire d'Egon est-elle une descente aux enfers ou une rédemption ? Est-il prisonnier de son propre labyrinthe ou trouvet-il enfin une issue ? À vous, lecteur ou lectrice, de suivre son chemin et d'ouvrir les portes pour découvrir où elles vous mènent.

Et si, au détour d'une phrase, vous apercevez un reflet de votre propre vie, alors peut-être que ce labyrinthe ne sera pas seulement celui d'Egon, mais aussi un peu le vôtre.

Olivier De Pooter

PREMIERE PARTIE.

CHAPITRE 1 : EGON.

Il y a des moments dans la vie où le monde extérieur semble en parfait désaccord avec notre état d'esprit. Ce soir-là était l'un de ces moments. Malgré le vent glacial qui régnait dehors, une atmosphère lourde et suffocante prédominait dans la pièce principale où je me tenais. Assis dans mon vieux fauteuil en cuir élimé, j'essayais de me plonger dans le livre que je tenais d'une main, tout en grattant de l'autre le dessus du crâne de mon chat.

Artémis est un chat siamois dont l'âge… Je n'en ai absolument aucune idée. Selon le vétérinaire, il doit avoir un peu moins de dix ans. Je l'ai recueilli un soir d'hiver, par une nuit glaciale, l'un de ces rares hivers où la neige était vraiment présente. Oui, cette année-là, on pouvait dire que c'était un véritable Noël blanc. Mais avant de continuer mon récit, permettez-moi de me présenter par politesse.

Je m'appelle Egon Gevaart. Mon père a choisi ce prénom en hommage au peintre Egon Schiele, qu'il adorait. Je dois avouer que je trouve ce prénom assez sympa, et ce, malgré mes cinquante et un ans. Car oui, mesdames et messieurs, votre serviteur n'est plus de première jeunesse. Je suis très grand, dépassant de trois centimètres les deux mètres. De corpulence forte, je ne suis plus sportif depuis plus de trente ans. Mon corps naguère mince a cédé la place à un certain embonpoint. Avec des cheveux gris-blanc, voici le portrait peu reluisant, mais honnête, de votre hôte.

Parlons maintenant de monsieur Artémis, cette petite boule de poils qui s'est insinuée dans ma vie. Je me rappelle cet événement comme si c'était hier, bien que cela remonte à plus de cinq ans. Il est arrivé pile au bon moment, à une période où ma vie prenait un tournant particulièrement pénible.

À cette époque, j'étais — et je le suis toujours — marié à Lisa. Au début, comme dans toutes les relations, tout semblait parfait. Effectivement, notre couple avait des problèmes, des moments éphémères qui auraient dû m'indiquer que tout n'était pas parfait comme on l'aurait souhaité. Mais ces instants étaient si éphémères que jamais je n'aurais imaginé qu'ils allaient s'intensifier et devenir mon quotidien insupportable.

Plongé dans mes rêveries, j'ai eu besoin de quelques secondes pour reprendre pied dans ma réalité. Un bruit, ou plutôt un gémissement, se fait entendre. Je reste assis, immobile. Même ma respiration se fait plus lente. J'ai un drôle de sentiment au fond de moi : c'est la crainte, une sensation d'oppression désagréable, car je sais presque à cent pour cent ce qui va se passer. D'abord, les gémissements vont devenir de plus en plus forts. Puis des râles, pour terminer par des cris forcés, et cela tant que je n'aurai pas franchi la porte. Si j'y vais trop tôt, elle se mettra en colère et m'insultera. Si je vais trop tard à ses yeux, ce sera la même chose, mais avec des pleurs en plus. Donc, vous voyez, je suis dans tous les cas dans une impasse. Mes doigts sont toujours suspendus au-dessus du crâne de mon chat, qui ouvre un œil et semble me dire d'un regard complice : « T'inquiète pas, j'ai compris, je vais bouger. »

Lisa n'est pas, comme on pourrait le dire, une femme facile à vivre. Depuis que je la connais, elle a toujours eu un caractère difficile ; elle n'est jamais satisfaite de rien, et ce qu'on fait pour elle n'est jamais assez bien, ou alors, elle pense qu'on le fait dans l'attente de quelque chose en retour. Un dîner romantique organisé ? Elle interprète cela directement comme : « Tu fais ça parce que tu as envie de coucher. » Cela fait plus de cinq, voire dix ans que cette femme n'a rien trouvé de mieux pour exprimer son amertume que de s'inventer maladie après maladie, jusqu'à finir par rester alitée en attendant la mort, et surtout, en me voyant attendre patiemment de me libérer de ce fardeau comme elle peut si bien le dire. Au début, je dois l'admettre, son attitude me touchait vraiment. Mais avec le temps, je me suis détaché d'elle. Ce sentiment, qui était probablement de l'amour, s'est métamorphosé en une routine teintée de crainte et d'appréhension, mais dépourvue de toute affection pour elle.

C'est vraiment à contrecœur que je me décide enfin à bouger, me redressant de toute ma longueur. Un soupir, inévitable, s'échappe du plus profond de mon être.

- Je sais que tu es là, m'envoie Lisa sur un ton de reproche. Tu crois que je ne t'entends pas ? Pauvre sot !

Je n'ai même pas la force de répondre. Je lève mon bras, regarde ma montre, et la seule pensée qui me traverse l'esprit, c'est que ça va être long, vraiment très long.

Mes pieds me dirigent vers la chambre tandis que mon esprit tente désespérément de s'évader. Je ne suis plus qu'à un mètre de la porte entrouverte.

- Ne te presse surtout pas, j'ai le temps de mourir dix fois avec toi. Heureusement que tu ne travailles pas pour les secours, lâche-t-elle avec un petit rire nerveux.

Moi, je m'étonne toujours de mon apparence de calme olympien. Mais je dois l'avouer, intérieurement, je suis une Cocotte-Minute sous pression. J'ai juste envie de prendre un coussin et de l'écraser sur son visage en lui hurlant : « Mais ferme-la ! »

- Tu as besoin de quelque chose ? C'est la seule phrase que j'arrive à sortir. Mon regard se pose sur ce corps allongé.

Lisa avait été une belle femme, elle faisait vraiment attention à son apparence, à son corps. Avant qu'elle ne bascule de l'autre côté, on pouvait dire d'elle que c'était une personne avec qui l'on aimait passer un bon moment, et je ne parle pas seulement du physique, mais plutôt du côté intellectuel.

La chambre à coucher, celle qui était la nôtre avant tout cela, s'était transformée en un mélange de fumoir, de dortoir et, à fortiori, en un mouroir pour un faux malade. Une forte odeur de renfermé mêlée à celle de la sueur imprégnait cette pièce en permanence. J'ai tenté à maintes reprises d'aérer la chambre, mais Lisa s'y opposait systématiquement. Elle prétendait que, si je désirais ouvrir cette maudite fenêtre, c'était uniquement parce que je souhaitais la voir mourir plus rapidement d'une bronchite ou d'une grippe. Même le docteur Trian n'a jamais réussi à lui faire entendre raison. Lui, c'est mon médecin de famille et mon ami depuis toujours que je n'ai pas encore présenté dans ce récit. Il est l'un des rares amis d'enfance qui est comme un frère pour moi…

Trian Miguel, âgé de cinquante-deux ans, est un homme de petite taille, mais plutôt trapu, un peu à la manière du Dr Watson si j'étais Sherlock Holmes. Depuis notre enfance, nous avons partagé de nombreux moments, tant joyeux que douloureux. À la suite du décès de ses parents alors qu'il avait à peine treize ans, il est venu vivre chez nous. Nous étions déjà inséparables à l'époque, mais cette épreuve a renforcé notre lien, le rendant presque fraternel. Les gens nous surnommaient « les jumeaux », et, bien que nous n'ayons eu aucune ressemblance physique, ce terme nous convenait tout à fait.

Lui, il a fait des études de médecine, et, lorsqu'il a terminé son cursus, il est revenu chez nous pour y installer son cabinet. J'ai été consulté chez lui, par logique, j'ai été l'un de ses premiers patients, et nous, enfin plutôt moi, avons insisté pour séparer le professionnel du frère qu'il est pour moi. Lorsque je venais chez lui en tant que malade, je payais ma consultation normalement, comme n'importe quel quidam.

Lisa continue de me fixer avec son regard noir, sans me répondre. Je remarque juste les mouvements de sa poitrine qui indiquent sa respiration. Je lui demande doucement si elle a besoin de quelque chose. Sa réponse est cinglante : « Tu t'intéresses à moi maintenant ou tu es venu voir si je vivais toujours ! » Je la supplie : « Lisa, s'il te plaît ? » Mais même lorsque je commence à parler, cela la dérange. Elle me demande de ne pas recommencer ce soir à geindre comme tous les soirs et d'être un homme pour une fois.

Son attitude me laisse perplexe. Je lui demande donc pourquoi pas ce soir. Elle me répond avec amertume : « Je ne peux rien dire ici. Je suis là, à la merci de monsieur. Je ne peux ni bouger ni faire quoi que ce soit. Même regarder la télévision me fatigue.

Alors oui, désolé si mon état dérange monsieur. Et je ne supporte pas cette petite voix pleurnicharde que tu as. »

La colère et la tristesse m'envahissent. Je la fixe pendant quelques secondes, puis je me retourne et m'en vais. Je suis fatigué de tout cela. L'envie de pleurer et de crier me submerge. Je ne sais vraiment pas quoi faire. J'ai bien des idées, mais je ne suis pas certain de pouvoir les mettre en pratiques.

CHAPITRE 2 : LISA.

Bon, ce n'est pas que je veuille m'immiscer dans le récit de mon mari Egon, mais je n'ai vraiment aucune envie qu'il prenne le dessus de l'histoire et me dépeigne comme une folle complètement abrutie. Comme vous l'aurez constaté et appris, je m'appelle Lisa, j'ai quarante-sept ans et je suis mariée avec Egon.

Je ne suis pas ce que l'on peut appeler une grande femme, mais je ne suis pas petite non plus. Je suis de taille moyenne. On me dit assez jolie, du moins c'est ce qu'on me disait avant que mon monde ne s'écroule. Mais j'y reviendrai plus tard, peut-être. Il faut que la confiance s'installe, et je dois vous avouer que cela va être difficile. Mais revenons d'abord à moi. Ça me fait du bien de vous parler, cela fait très longtemps que je n'ai plus eu d'interactions avec un être humain. Mis à part mon mari et le médecin, son ami, son seul ami, je ne vois plus personne. J'aimerais vous parler de mon enfance, de mes parents. Franchement, j'en ai très envie. Mais l'ennui, c'est que dans mon esprit, ma vie d'avant est assez brumeuse. Je n'ai presque aucun souvenir. Tout cela est très flou dans ma mémoire. Je suis certaine que c'est dû aux médicaments que les deux me font prendre. Souvent, j'ai envie de pleurer, mais aucune larme ne sort. Alors, je pousse de petits cris, de petits gémissements, comme si j'étais un chiot. Un tout petit bébé chien abandonné par sa mère et qui recherche un peu d'amour ou de tendresse.

Vous allez sûrement penser que j'exagère, mais je vous assure que non. Ce que je souhaite, c'est que l'on me comprenne. Je suis malade, c'est certain, mais de quoi ? Je n'en sais rien. Je me sens vraiment vidée, un peu comme une batterie sans énergie, avec un cerveau qui tourne en boucle. Je ne vais pas vous dire que je fonctionne en automatique, mais presque. Par exemple, lorsqu'Egon entre en contact avec moi ou entre dans mon champ de vision, instinctivement, je passe en mode protection, en mode attaque, en mode survie.

Je sais, c'est fou, mais je ne trouve pas d'autre solution. Pourtant, je l'ai aimé, d'un amour fou. Mais depuis quelques années, je dois avouer que je n'en peux plus. Je reste donc cloîtrée dans ma chambre, espérant m'endormir pour ne jamais me réveiller. Mais la mort ne vient pas et, malgré la douleur qui m'écrase, je continue à haïr son être, ce sentiment est enfoui au plus profond de moi. Je n'arrive pas à prendre la décision finale, à oser mettre fin moi-même à mon calvaire.

Mais chut, j'entends qu'il arrive. Je reconnais le bruit de ses pas se rapprochant de ma chambre. Il a la même démarche que son chat. Ah ! ce siamois, lui aussi m'insupporte avec son regard faussement admiratif envers Egon. Et cette odeur… Peut-on dire qu'un chat sent mauvais ? Peut-être pas tout le monde, mais lui, c'est une catastrophe. Il sent… il sent comme Egon. Quelle horreur d'avoir une telle odeur !

Le visage de mon mari apparaît à la porte. Il me fixe non avec pitié ou tendresse, mais avec un mélange de dégoût et de mépris. Jadis, sa voix séduisante avec son timbre viril me captivait. Aujourd'hui, sa voix est devenue une torture pour mes oreilles, chaque son qu'elle émet me faisant frissonner de dégoût.

Vous vous demandez sans doute pourquoi je ne prends pas la décision de partir, pourquoi je continue de vivre avec lui ? Je suis dans l'impossibilité de fuir, que ce soit sur le plan moral ou physique, et je ne possède rien qui me permette de recommencer ma vie ailleurs.

De plus, mon état de santé ne me le permet absolument pas. La douleur est si intense. Et cet idiot de médecin, l'ami de mon mari, le fameux Dr Trian Miguel, comment a-t-on pu lui permettre d'exercer ? La seule chose qu'il trouve à dire sur mon état, c'est que c'est « psychologique ». Ah, si seulement je pouvais lui montrer ce que je ressens ! S'il était à ma place, même un instant, il verrait si c'est uniquement psychologique.

Il vient de quitter la chambre. Pourquoi était-il venu ? Devinez… Pour demander si je voulais un verre d'eau. Mais qu'est-ce que ça peut me faire, son eau ? Ce dont j'ai envie, c'est d'un verre de vin, mieux, d'une bouteille, pour m'enivrer et enfin passer une nuit sans souffrance. Ce n'est pourtant pas si compliqué à comprendre. Je souffre, et personne ne semble le saisir.

CHAPITRE 3 : EGON

Comme tous les matins, le même rituel s'opère. Je me lève vers six heures, déjeune tranquillement tout en buvant mon café et en naviguant sur mon portable à travers les sites d'information et les nouvelles peu reluisantes du monde. C'est un peu ma seule consolation : me dire qu'il y a pire ailleurs. Une fois terminé, je me dirige vers la douche et me prépare pour une énième journée sans saveur.

Revenons à ce qui s'est passé hier soir. Comme je vous l'ai expliqué, et comme vous avez pu le constater par vous-même, je n'invente rien. Il est vraiment difficile de gérer le quotidien avec elle. Après notre dispute, je me suis dirigé vers ma chambre, tandis qu'Artémis, quant à lui, a préféré aller se promener dans le froid glacial. Ce n'est qu'une heure après qu'il est revenu pour se blottir contre moi, cherchant la chaleur. Que nos yeux se sont croisés. Je pouvais presque l'entendre me dire :

– Mais qu'est-ce que tu fais avec elle ?

– Je ne sais pas, je ne peux pas partir.

– Je ne te parle pas de partir.

– Mais que veux-tu alors ?

– Réfléchis, idiot !

– La placer dans un hôpital psychiatrique ? Je sais, Miguel m'en a déjà parlé. Il m'a dit que je devais me faire à l'idée qu'un jour il faudrait bien envisager l'hypothèse d'un internement.

– Moi, je ne parlais pas de ça.

– Je ne vois vraiment pas.

– Écoute, pauvre humain, qu'est-ce que je fais, moi, lorsqu'un nuisible m'embête…

– Mais arrêtent tes bêtises, je ne vais quand même pas en arriver à une extrémité pareille, cela ne se fait pas. On n'est pas des sauvages.

– Heu, es-tu certain de ce que tu avances ? Tu as la mémoire sélective sur la conduite que l'humain a sur les espèces vivantes.

Vous devez sûrement penser que je débloque en tenant un tel discours, surtout avec un chat. Mais je vous rassure, je sais très bien que ce n'est pas lui qui me parle, mais simplement une partie de mon cerveau, mon inconscient ou, pour parler plus jeune, mon côté obscur. Donc, pas de stress. J'ai continué pendant quelques minutes à lui gratter le menton, puis je me suis retourné et me suis endormi. Quelle vie passionnante, vous devez vous dire ! Je sais, vous avez raison, je ne vous donne pas tort, mais c'est ma vie et, malheureusement pour le moment, je ne sais rien faire d'autre.

Revenons à ce matin :

Je prépare le petit déjeuner de Lisa sur un plateau : des tartines à la confiture de fraises, accompagnées d'un jus d'orange fraîchement pressé et d'un café au lait bien chaud. J'ajoute également les cinq médicaments qu'elle prend pour combattre sa maladie. Bien que je doute de leur efficacité, je n'ai jamais osé ne pas les lui donner. Je ne peux qu'imaginer son état sans eux. Pour être tout à fait franc, sa médication se compose d'un antidépresseur, de vitamines et de quelques compléments alimentaires.

Dehors, il fait encore nuit, mais la température s'est adoucie, laissant présager une journée ensoleillée. Dans la cuisine, où je m'affaire, l'arôme du café chaud remplit l'espace. La pièce, bien que modeste en taille, offre suffisamment d'espace pour y concocter de délicieux repas.

Je ferme les yeux quelques instants et me replonge dans le passé, me remémorant un des premiers dîners que j'avais préparés lors de notre rencontre. La pièce sentait l'harmonieuse fusion de mes épices préférées et d'herbes fraîches, créant une ambiance olfactive captivante dans la cuisine. Lisa, éblouissante sous la douce lumière, me regardait avec un sourire attendri pendant que j'essayais de lui préparer un repas parfait. La table, dressée avec soin, portait des chandelles vacillantes qui projetaient une lueur chaleureuse sur nos visages.

Ce soir-là, entre les plats savoureux et les verres de vin, notre conversation avait coulé aussi librement que le rire dans l'air. Chaque mot semblait tisser un lien plus profond entre nous. Après le repas, nos mains s'étaient trouvées naturellement, nos doigts s'entrelaçant alors que nous nous déplacions vers le salon. Là, dans un élan spontané, nous nous étions abandonnés à un baiser passionné, un moment où le temps semblait suspendu, où seuls nos cœurs parlaient, battant à l'unisson dans un rythme enivrant d'amour naissant.

Je suis sorti de ma rêverie à contrecœur et ai pris le plateau pour entrer dans la chambre de Lisa. Elle dort paisiblement. Je l'observe quelques instants, hésitant. Mon premier réflexe est de déposer le plateau en silence et de me retirer discrètement. Je place donc le repas doucement sur la table de nuit. Lorsque je tourne mon regard vers elle, je remarque que Lisa me fixe. Ses yeux, bien qu'ouverts, sont dénués de toute expression.

– Comme je suis déçue, mon pauvre Egon, me lâcha-t-elle sans sourciller. Mais comment ai-je pu être aussi stupide et gâcher ma vie pour ça ?

Je suis là, bouche bée, ne sachant que répondre. Je sens un picotement au coin de mes yeux, comme si une larme tentait de s'échapper pour se libérer de cette méchanceté gratuite. Je reste quelque seconde à la fixer, parvenant à peine à articuler cette simple phrase :

– Mais pourquoi es-tu si dur avec moi ?

– Moi, dur ? Mais mon pauvre petit, tu te rends compte de ce que tu oses me dire ? Dur, moi ? Non, je subis, rétorque-t-elle.

– Tu subis ?

– Oui, tout à fait. Ton regard de chien battu, ta façon d'être avec moi, de me prendre pour une demeurée.

Sa phrase était directe et froide. Je ne savais même pas si la moindre émotion y était présente, ou si elle me parlait comme de la température du dehors. Mais la froideur qu'elle dégageait ne laissait vraiment rien supposer de bon. Je prends mon courage à deux mains et tente de ne laisser transparaître aucune émotion.

– Voilà ton petit déjeuner, lui dis-je d'une voix neutre, mais courtoise.

– Je le vois bien. Je suis souffrante, pas aveugle.

– Mais pour une fois, ne pourrais-tu pas arrêter d'être méchante ?

– Méchante, moi ? Non, juste logique avec ton attitude.

– Pourtant, je ne cesse de fournir des efforts pour toi ! lui dis-je, la voix tremblante d'émotion.

– Tais-toi, tu m'agaces.

Je reste quelques instants sans rien dire, me dirige vers la fenêtre et ouvre en grand les rideaux.

– Tu as vu, il va faire un temps merveilleux. Tu ne veux pas que j'ouvre la fenêtre ?

– C'est ça, pour que j'attrape en plus une pneumonie.

– Mais non, juste pour faire entrer un peu d'air frais dans cette pièce.

– Va au diable et laisse-moi tranquille.

Comme d'habitude, je n'ai rien dit, j'ai juste opéré un demi-tour et je suis parti de la chambre. En franchissant le palier, je lui dis doucement :

– Je vais faire le tour du jardin, si cela te dit, tu peux venir avec moi.

La seule réponse que je reçus fut : « Pauvre con. ».

Je descends la volée d'escaliers presque en courant, les yeux pleins de larmes, le cœur rempli d'amertume et le cerveau bouillonnant de colère noire. Je tends ma main vers la poignée de la porte du jardin, l'ouvre d'un coup sec. Ce besoin d'air pur, de fraîcheur est trop important. J'ai tellement besoin de respirer, de me sentir vivant.

CHAPITRE 4 : LISA.

Je me réveille doucement. J'ai bien dormi, ou plutôt, j'ai dormi. Mais malgré cela, je ressens encore la fatigue. Tout cela me pèse. Je voudrais me rappeler, l'époque, lorsque j'étais jeune, dans la petite vingtaine : l'insouciance de la vie, la persuasion d'être immortel, et cette sensation d'invulnérabilité. Voilà tous les sentiments qui auraient pu m'habiter et dont j'aurais été fière. La peur ne faisant pas partie de mon entourage. Enchaînant les relations sans aucun scrupule. J'ose espérer que j'ai eu une enfance heureuse, avec des parents qui m'aimaient et qui se sont occupés de moi avec bienveillance et amour, mais tout cela, je n'en sais rien, je ne me rappelle pas ou je ne veux pas me souvenir. Alors non, je n'ai pas couché avec des hommes parce que j'étais à la recherche d'une figure paternelle ; je pratiquais l'acte sexuel pour le plaisir, parce que j'aimais ça, enfin j'ose le rêver.

Cette sensation terrible de mal-être qui m'habite est tenace. J'ai cette impression d'un poids qui me tire vers le bas. Qui me met à l'envers, comme le disait probablement ma grand-mère, bien que mes souvenirs d'elle soient plutôt flous.

Un souvenir fugace me traverse l'esprit. J'ai quinze ans. Je suis assise seule dans ma chambre, le regard fixe sur un mur dénudé. Une sensation diffuse de malaise m'envahit, mais je n'arrive pas à mettre le doigt dessus. Est-ce de la tristesse ? De l'angoisse ? Les contours de ce souvenir sont flous, imprécis. Je me souviens juste d'une pesanteur, d'un sentiment d'étouffement, sans savoir pourquoi.

Je sors de ma torpeur, l'angoisse commence à se faire sentir, il se rapproche, je le sais, je le sens. Une vibration parcourt mon dos, comme des aiguilles me transperçant. Putain, j'ai mal ! Je ferme les yeux, je ne veux pas le voir, je ne veux pas l'entendre. Je fais semblant de dormir, mais cela est plus fort que moi, l'odeur de sa peau mêlée à celle du café me fait frémir, non de désir, mais de dégoût.

Ce qui arrive, vous le savez déjà, car il a dû vous le dire. Il a sûrement dû se plaindre, jouer les victimes. Mais qu'est-ce qu'il croit que c'est en ouvrant la fenêtre et en méditant au soleil que je vais guérir ?

Je me rends compte que cela fait plus d'un quart d'heure qu'il est dehors, dans le jardin, enfin, ce qu'il en reste. Moi, qui étais tombée amoureuse de cette maison à cause ou grâce au potentiel de ce jardin. J'avais, au fil des ans, réussi à l'agrémenter, créant presque, à quelques exceptions près, un jardin à la Monet.

Ce jardin, jadis source de ma fierté, s'épanouissait sous mes soins, comme un enfant chéri. Privée de la maternité, j'avais versé toute mon âme dans ce havre de verdure, le cultivant avec une tendresse infinie. Malheureusement, clouée au lit par les vicissitudes du destin, je restais impuissante à observer la détérioration de ce lieu sacré, trompée par les promesses fugaces d'Egon. Ce qui autrefois était un chef-d'œuvre de nature, un écrin de beauté à faire pâlir André le Nôtre, se muait, sous l'abandon, en une nébuleuse de désolation. Il avait réduit en cendres l'œuvre de ma vie, ce jardin, mon enfant spirituel. Et maintenant, il souhaite que j'entrouvre la fenêtre pour embrasser du regard cette scène de dévastation ? Non, je choisirai plutôt de rester recluse, emmurée dans mon chagrin, pleurant en silence la mort de ce rêve jadis florissant.

Lentement, je me redresse et sors de mon lit. Dehors, Egon est là depuis un bon moment, ce qui est assez inhabituel. Bien que, selon lui, le temps soit clément et évoque les prémices du printemps, il est important de se rappeler que l'hiver y règne encore comme Maître.

Je reste droite, devant la fenêtre. La vue de ce champ de bataille me donne la nausée. Au milieu du jardin, adossé à la barrière, se tient Egon, tel un jeune coq. Il discute avec la voisine, une jeune femme d'une trentaine d'années, « une pute, cette bonne femme. » Une colère monte en moi, non pas de la jalousie, mais une rage profonde. Comment ce vieux con ose-t-il s'amuser alors que moi, je suis là, abandonnée comme une vieille merde, sans plus aucune vie.

CHAPITRE 5 : EGON.

L'air frais me fait vraiment du bien. Dommage pour l'état du jardin. Vous auriez dû le voir avant, c'était une vraie merveille pour les yeux. C'était la fierté de Lisa, puis, un jour, sans crier gare, elle l'a laissé à l'abandon. Je ne m'en suis pas immédiatement rendu compte. Et lorsque les signes d'abandon sont devenus trop évidents, il était déjà trop tard. Lisa m'a fait promettre à plusieurs reprises de m'en occuper, mais comment prendre soin de quelque chose de complètement mort ? Et surtout, comment trouver le temps, à l'époque, pour m'occuper à la fois de Lisa, de mon travail et du jardin, le tout dans une journée de vingt-quatre heures ? La maladie, ou plutôt l'état de Lisa s'aggravait, et moi, j'étais un peu perdu face à cette situation inconnue.

Je fixe le jardin, ou plutôt le vide. C'est ce que je tente également de faire dans ma tête : créer un vide. J'étouffe à cause de cette situation. Au moins, auparavant, j'avais mon travail. Même s'il ne me convenait pas vraiment, il me permettait de me distraire. J'étais employé dans une entreprise de traitement des métaux. Ce n'était pas particulièrement excitant, mais cela payait mes factures. En termes de passe-temps, je suis plutôt simple : je lis, j'écris de la poésie et je me suis récemment mis à la peinture. Une sorte de thérapie par la couleur, un concept vraiment moderne qui m'aide à sortir de ma morosité. Mais tout cela fait malheureusement partie du passé.

Je suis plongé dans mes pensées quand j'entends une voix tenter de percer mon conscient.

– Egon, comment vas-tu ? La voix est douce, féminine, une chaleur traverse mon corps. C'est celle de Maude, ma voisine directe, qui a une trentaine d'années, mariée à Mathieu depuis plus de cinq ans. Ils sont fous amoureux et essaient d'avoir leur premier enfant. Malgré le fait qu'elle soit en couple et fidèle, je ne peux m'empêcher de fantasmer sur elle, sur son corps, sa voix ; tout en elle dégage une sensualité envoûtante.

– Oui, désolé, j'étais perdu dans mes pensées.

– Je vois, mais ce n'est pas tout. Tu as l'air vraiment triste, me dit-elle avec un sourire qui pourrait redonner vie à un mort.

– Non, ça va, la routine.

– Et ta femme, comment va-t-elle ? Elle ne l'avait jamais vraiment connue, peut-être l'avait-elle croisée une ou deux fois, mais aucune relation ne s'était établie entre elles.

– Toujours pareil.

– Mon pauvre Egon, si je peux faire quelque chose pour toi ?

Son mari vient interrompre la conversation. Comme je l'ai déjà mentionné, ces deux-là vivent un amour inconditionnel. Autant elle est d'une beauté à couper le souffle, autant lui est d'une banalité surprenante, sans vraiment posséder de charme particulier. En effet, l'amour demeurera éternellement un mystère pour moi.

Maintenant, vous allez me dire : « Il se sent tellement seul que devant le moindre jupon frémissant, il y trouverait un charme fou ». Je ne vais pas affirmer que vous avez raison, mais, en étant honnête, je dois admettre que vous n'avez pas totalement tort non plus.

La conversation se termine par des banalités d'usage, par cette question rituelle de politesse : « Et ta femme, comment va sa santé ? » Même eux savaient très bien que Lisa ne souffrait pas de maladie physique, mais que c'était plutôt mental. Et de toute façon, quelle que soit la réponse que je pouvais donner, tout le quartier avait déjà son propre diagnostic.

Après avoir échangé encore quelques phrases, je fis signe de la main que j'augmentai d'un sourire et retournai vers la chaleur de la maison. Il ne me restait que quelques mètres avant de toucher la porte vitrée. Mais je m'arrêtai, surpris par la vision qui s'offrait à moi. Devant moi se trouvait Lisa, me fixant d'un regard noir. J'hésitai quelques secondes, puis pris une grande bouffée d'air frais. Je poussai la porte. Elle était là, silencieuse, fidèle à sa froide coutume. Ses yeux vous brûlaient comme si vous étiez aux portes de l'enfer, et que Satan en personne venait vous accueillir.

– Tu as bien fait le joli cœur avec cette pute ? lâche-t-elle d'un ton monocorde. « Tu as dû bander, sale porc que tu es ! »

– Tu dis n'importe quoi, elle me demandait juste de tes nouvelles. Ma voix était blanche de stupéfaction. Nous avions dû en avoir des tensions palpables entre nous depuis que nous étions ensemble, mais jamais elle ne m'avait parlé avec cette envie nette de me tuer, une envie qui se lisait dans son regard.

– Idiot, tu as encore de la bave qui coule, tellement tu en as envie. Tu me prends pour une idiote ?

– Mais bon sang, tu veux bien arrêter tes bêtises ? Ça fait des années que je m'occupe de toi ! et toi, toi… les mots restent coincés dans ma bouche.

– Et moi, quoi ?

– Rien, laisse tomber. Je vais aller faire des courses pour ce soir.

– C'est ça, va voir tes salopes. Pauvre pervers que tu es.

Je grimpe les marches de l'escalier, me dirige vers la porte, et en passant, enfile mon manteau. Je regarde le chat, toujours couché sur le fauteuil près du chauffage. Puis, je claque la porte en sortant, espérant pouvoir enfin me vider la tête de toute cette furie qui m'habite. La seule phrase qui murmure dans ma tête, telle une ritournelle, est : « si elle pouvait enfin... ». J'ai honte de penser à cela, mais ce serait sûrement ma libération.

CHAPITRE 6 : MIGUEL.

« Oh mon Dieu ! », je suis assis à mon bureau depuis sept heures du matin. Depuis une semaine, c'est le même défilé de tousseux, de crachoteux et d'autres affligés de maux divers. Certains jours, je me demande pourquoi j'ai choisi d'être médecin. Pourquoi pas boulanger, ou vendeur dans une grande enseigne ? Faire mes heures, et puis c'est tout. Non pas que leur travail soit plus facile, bien au contraire. J'ai énormément de respect pour ceux qui sacrifient leur vie à un travail qu'ils n'apprécient pas, juste pour survivre et se nourrir. Moi, je ne peux pas me plaindre, je suis médecin et j'ai choisi cette voie.

Je regarde mon patient assis en face de moi et hoche la tête, un peu comme ces figurines de chiens à l'arrière des voitures. Vous ne savez probablement pas de quoi je parle. Mais à notre époque, c'était la mode. Voilà, vous pensez sûrement : « Il repart dans ses souvenirs de vieux fou ! ». Restez poli, s'il vous plaît. Vous oubliez à qui vous parlez ; je suis médecin, après tout.

J'interromps mes divagations mentales et reviens à la réalité, donc à mon patient. Monsieur Hernieux, un brave homme de plus de soixante ans qui, comme le reste de la population, souffre de la grippe. Après dix minutes, s'en va en ayant pris soin de repartir avec une ordonnance bien remplie. Je regarde alors la salle d'attente : il ne me reste plus que deux patients. À ma grande surprise, je vois Egon, le corps avachi sur la chaise, le regard vide.

J'expédie de façon magistrale les deux autres patients, me hâtant de faire entrer Egon dans mon cabinet. Cela fait tellement longtemps que nous ne nous sommes pas vus. Nous nous téléphonons souvent, très souvent même. Pour être honnête, c'est surtout moi qui l'appelle pour prendre de ses nouvelles et savoir s'il supporte encore l'autre, qui est complètement folle à mes yeux. Je n'arrive pas à comprendre comment il n'a toujours pas pris la décision de la quitter. Qu'il ouvre les yeux ! Je lui répète sans cesse, mais il refuse d'entendre. Il garde espoir. Mais quel espoir, bon sang ?

Je ne vais pas user de termes scientifiques, mais parler simplement. Cette femme est entrée un jour chez moi et, ce jour-là, j'ai compris que Lisa avait basculé dans un monde d'où l'on ne revient jamais. On dirait le teaser d'un film à suspense, mais pour la vie d'Egon, c'est plutôt un film d'horreur.

Je m'en rappelle comme si c'était hier, et pourtant, cela remonte à plusieurs années. C'était un dimanche après-midi de juillet. Je me sentais confortablement installé sur mon transat dans le jardin, profitant des rayons du soleil et de cette chaleur d'été qui fait ressentir le bien-être et les odeurs de la nature. À moitié plongé dans un coma réparateur d'après-dîner, j'entendis soudainement sonner violemment à ma porte. J'ai hésité quelques secondes avant de sortir de ma torpeur, mais, en tant que médecin dans une petite ville de campagne, il faut bien s'attendre à être dérangé sans aucun scrupule. Surtout que, à l'époque comme aujourd'hui, nous ne regorgions pas de médecins, et surtout de bons médecins.

J'arrivai doucement à la porte, mais ce qui se passa ensuite lorsque je l'entrouvris, ça, je ne l'aurais jamais pensé. Lisa bondit dans la pièce comme un diable sortant de sa boîte. J'étais tellement surpris que je poussai un petit cri qui était loin d'être viril. Moi-même, la tessiture que pouvait prendre ma voix dans une telle situation m'étonnait. C'était un mélange entre le cri d'une poule et celui d'un cochon qu'on égorge, mais en beaucoup plus aigu.

Elle se retourna et me fit face, son regard était dur et froid, ses lèvres tremblaient. Elle donnait l'impression d'être comme possédée. Au bout de quelques secondes, elle lâcha ces mots :

– J'ai tout compris, je sais ce que tu veux !

– Peux-tu être plus claire et me dire ce qui se passe ? Tu as l'air toute bouleversée.

– Non, non, ne me prends pas pour une idiote. Il m'a fallu du temps, mais j'ai tout compris.

– Qu'as-tu compris ? Viens plutôt t'asseoir, ne reste pas là debout, tu m'inquiètes vraiment. Ce n'est pas seulement l'ami qui te parle, mais aussi le médecin.

Elle hésita quelques instants, mais finit par me suivre à contrecœur.

– Tu veux boire quelque chose ?

– Non, je veux juste que tu nous laisses vivre heureux !

– Mais de quoi parles-tu ?

– Je t'ai dit, j'ai très bien compris ton manège. Tu le veux pour toi tout seul.

– Mais de qui parles-tu ?

– Ne fais pas l'imbécile, je parle d'Egon.

Ma main resta en suspens, tenant un verre d'eau que j'allais lui tendre. Je le redéposai délicatement sur la petite table et y versai quelques gouttes de tranquillisant. Il était clair qu'elle était en pleine crise de paranoïa, et la seule solution était de la calmer. Je suis d'accord, ce n'était pas un geste très éthique, mais sur le moment, cela me parut le plus logique.

– Je ne comprends absolument pas ce que tu veux. Egon est comme mon frère, et je ne veux que son bonheur. Je ne me suis jamais immiscé dans votre vie, bien au contraire.

– Arrête, j'ai bien vu comment tu le regardes. Et comment expliques-tu que l'on ne t'ait jamais vu avec une femme ?

– Tu te trompes complètement.

Elle me prit le verre des mains et le but d'une traite.

Je ne suis vraiment pas fière de ce que j'ai fait à l'époque, je dois bien vous l'avouer, mais il me semblait que c'était la meilleure solution pour calmer la crise de nerfs de Lisa. Par un geste de bravade, elle avait bu le verre et quelques minutes plus tard, le produit commença à faire son effet. Son regard devenait plus vide, les traits de son visage se détendaient doucement, sa voix devenait plus lente. Elle passa une main sur ses cheveux et parvint à bafouiller tant bien que mal :

– Mais, mais qu'est-ce que tu m'as fait ?

– C'est juste un calmant, ma grande. Tu es arrivée dans un état et tu tenais des propos incohérents.

– Non, pas incohérents, je sais que j'ai raison, parvenait-elle à dire à demi-mot.

Lorsqu'elle fut complètement endormie, je téléphonai à Egon, lui expliquant la situation et mes craintes. Lisa devait sûrement faire un burnout, mais ça, c'était au début. Malheureusement, son état s'aggrava au fil des jours, et elle bascula doucement vers la folie — une folie gérable, mais qui empêchait mon ami de pouvoir avoir une vie à peu près normale.

J'avais beau lui expliquer en long et en large que tout cela allait devenir de plus en plus pénible, il gardait un vain espoir. Je sais que tout cela est utopique, mais, comme on dit si bien, l'espoir fait vivre.

Mais revenons à maintenant, Egon vient s'asseoir en face de moi, l'air complètement abattu. Je m'installe à mon bureau et le fixe quelques instants avant de lui demander s'il a besoin du médecin ou du frère. Son silence est pesant. Je me redresse de mon fauteuil, prends une bouteille de whisky que je réserve pour les moments difficiles et, vu son attitude, je pense qu'un bon verre ne lui fera pas de mal. Effectivement, après l'avoir bu, les mots commencent à sortir de sa bouche. Il me raconte en détail les événements du matin. Il n'en peut plus. Il rêve parfois de l'étrangler avec ses mains, de déposer un coussin sur son visage jusqu'à ce que… quelques larmes coulent sur son visage. Je pense que c'est la troisième fois de ma vie que je le vois pleurer.

Le voir ainsi me chagrine énormément. S'il y a sur cette terre un homme assez gentil pour sacrifier sa propre vie pour sauver un chien, c'est bien lui. Je pose délicatement ma main sur son bras, provoquant chez lui un léger sursaut. Il me dit alors, d'une voix légèrement plus calme :

– Je suis désolé de t'embêter avec mes histoires. Je vais te laisser, vraiment désolé.

Avant que j'aie le temps de répondre, il se lève, me serre dans ses bras, me remercie simplement, tourne les talons et quitte la maison. Je suis abasourdi, la bouche ouverte, le regardant s'éloigner sans pouvoir réagir.

CHAPITRE 7 : EGON.

Pourquoi ai-je ressenti le besoin d'aller me confier à Miguel ? Honnêtement, je n'en ai aucune idée. J'avais simplement besoin d'extérioriser, sans chercher de complaisance ou de conseils. Après avoir vidé mon cœur auprès de lui, je me suis éloigné, ressentant le besoin de solitude. Poursuivant ma marche à travers les rues désertes, j'ai sorti mon portable et lui ai envoyé un message : « Merci et ne t'inquiète pas ».

Pour me changer les idées, je décide de faire un tour au supermarché, le seul à peu près décent de cette petite ville. La présence de la charmante vendeuse qui y travaille partiellement motive ma visite. Bien que nos rencontres soient rares, chacune d'elles me rappelle que je suis un homme, avec des désirs et des besoins.

Ces dernières années, mes désirs et besoins se sont malheureusement retrouvés au second plan. Je ne vais pas vous mentir, depuis que Lisa a bouleversé mon existence, il m'est arrivé de chercher du réconfort dans les bras de femmes que certains jugeraient trop libres. Avec elles, les choses étaient simples : aucune dépendance, aucune obligation, seulement une rencontre charnelle pour retrouver le goût de la vie.

La première fois, c'était durant cette deuxième année où Lisa avait choisi de se confiner dans son lit, submergée par ses propres tourments.

Un soir, désespéré, je suis sorti prendre un verre. Une chose en entraînant une autre, je me suis retrouvé dans le quartier chaud de la ville voisine. Ma première expérience avec une professionnelle a été stressante. Elle était petite, brune, avec un accent de l'Est, et portait une jupe écossaise et surtout des petits seins fermes qui me rendirent fou d'excitation. Bien que je ne fusse qu'un client parmi tant d'autres, durant ces quelques minutes, j'ai ressenti un frisson de vie qui m'avait depuis longtemps échappé.

Déambulant lentement dans les étroites ruelles, je me retrouve finalement à l'entrée du magasin. Instinctivement, mes yeux cherchent la silhouette familière de la petite vendeuse, mais elle n'est pas là. À sa place, un jeune adolescent, guère plus grand que trois pommes, s'échine à gérer des sacs de courses sous les yeux d'une grand-mère attentive. Normalement, cette scène aurait éveillé en moi un sourire, mais les événements matinaux pèsent encore lourdement sur mon esprit.

Pénétrant dans le magasin, la chaleur de la soufflerie crée un contraste saisissant avec la fraîcheur de la rue. Il est temps de me reprendre. Je tente de me concentrer sur le moment présent, sur cette tâche apparemment banale, mais aujourd'hui si ardue : faire des courses. Rien ne me fait envie, bien que je sois d'ordinaire un fin gourmet. En dernier recours, je me décide pour de simples pizzas surgelées aux quatre fromages et me dirige vers la caisse.

Je me tiens dans la file d'attente, indifférent aux quatre personnes devant moi. Pizzas dans la main droite, je fouille de la gauche pour mon portefeuille. Soudain, une voix dans la file me fait lever la tête, interrompant mes recherches. Si les caméras de surveillance me filment à ce moment, elles doivent capturer mon visage béat, la bouche entrouverte. Ce qui me vient à l'esprit, et qui ne sera peut-être pas une devise pour les générations futures, est cette exclamation étonnée : « Putain, ce n'est pas possible, toi ici ! »

CHAPITRE 8 : MIGUEL.

J'ai annulé tous mes rendez-vous de cette après-midi, ça me stresse de voir Egon dans cet état. Mais bon dieu, qu'est-ce qu'il fait encore avec cette femme ? Il n'arrive pas à ouvrir les yeux, pourtant, s'il savait… Mais non, monsieur est trop fleur bleue. Et c'est comme ça depuis toujours. Même à l'adolescence, il s'émoustillait au moindre bruissement de jupon sans se rendre compte que ce n'était pas de cela qu'il avait besoin. Mais lorsqu'il a rencontré Lisa, là, ce fut le pompon. Lisa par ci, Lisa par là. Enfin, je stoppe de maugréer, mais il va falloir qu'il arrête de se voiler la face.

CHAPITRE 9 : EGON.

»Val… Valérie ? C'est bien toi ? » demandai-je avec un embarras qui m'aurait fait concourir pour le titre du plus grand idiot. Ma voix, aiguë et incertaine, semblait trahir mon trouble, et mes yeux écarquillés devaient certainement ajouter à mon allure peu assurée.

»Euh, oui, c'est moi», répondit-elle normalement, avec un regard teinté d'une pointe d'interrogation qui ne persista qu'un instant. Puis, son visage s'illumina d'un sourire radieux. »Egon, c'est incroyable, tu n'as pas changé! Quelle joie de te voir ! Peux-tu prendre un verre avec moi ? Ou peut-être as-tu des projets ? Les mots s'échappaient d'elle en cascade, tout comme je me souvenais de sa tendance à parler vite lorsqu'elle était nerveuse. Je ne pus que balbutier un "oui" timide avant qu'elle ne marque une pause, me fixant avec curiosité : "Alors, tu as le temps ?"

Après avoir payé mes pizzas, je les ai enfournées dans un sac, remarquant le léger tremblement de mes mains. En levant les yeux vers Valérie, l'évidence de sa beauté me frappa de plein fouet. "Mon Dieu, elle est toujours aussi belle." Sa beauté avait toujours été évidente, même à l'époque où, adolescent, je la considérais comme mon premier amour. Mais avec le recul, je me demande si à cet âge on comprend vraiment ce qu'est la nature de l'amour.

Nous avons quitté le magasin côte à côte, la chaleur inondant mon visage. Je transpirais plus que je ne l'aurais voulu, conscient du malaise qui m'étreignait en me trouvant ainsi, en sa compagnie, sous le regard potentiellement inquisiteur d'une petite ville friande de potins.

Elle a dû sentir mon inconfort, car elle se pencha vers moi et murmura : "Ne t'inquiète pas, allons plus loin du centre. Nous pourrons parler plus librement à l'écart des regards curieux."

CHAPITRE 10 : LISA.

"Qu'est-ce qu'il fabrique, bon sang ? C'est incroyable, il se joue clairement de moi." Mes pensées tourbillonnent tandis que je fixe la porte par laquelle il est sorti. "Il va sûrement revenir, la queue entre les jambes. Et, comme toujours, il va me demander : « Lisa, tu n'as besoin de rien ?» Comment peut-on être aussi naïf ? Et moi, comment ai-je pu m'attacher à lui ? C'est absurde."

Je quitte le lit lentement, mes pas me guidant vers la cuisine. Là, ce chat, Artémis, me fixe de ses yeux pleins de dédain. "Je te déteste aussi stupide créature !" Pourquoi s'attacher à une bête qui ne fait que dormir et manger ?

Soudain, Artémis se hérisse, comme s'il avait capté l'essence de mes paroles. Nos regards se croisent, un échange silencieux, mais intense. C'est à ce moment précis que je sens deux mains, fortes et légères à la fois, se refermer sur ma gorge. Des mains d'homme ? de femme ? Je n'en sais rien, ce que je sais c'est qu'elles sont implacables et froides. Elles me serrent la gorge, me privant d'air, me poussant aux frontières du désespoir.

Je lutte, mais ma force semble insignifiante face à cette emprise mortelle. Ma vue se brouille, le monde se réduit à cette lutte désespérée pour l'oxygène. Artémis, lui, semble comprendre le danger. Malgré sa taille modeste, il se gonfle, adoptant une posture de défense. "Si seulement tu étais un tigre…", une pensée éphémère alors qu'il bondit héroïquement vers mon agresseur.

Mais d'un revers brutal, mon agresseur le repousse. Dans ces derniers instants, où chaque seconde se dilate en une éternité, mon esprit se tourne vers ce chat. "Merci d'avoir essayé. Pardon de ne pas avoir su t'aimer." Une prière silencieuse avant que les ténèbres ne m'engloutissent. Tout devient noir, vide, silencieux…

DEUXIEME PARTIE.

CHAPITRE 1 : EGON.

J'ai passé une merveilleuse après-midi avec Valérie. Nous avons parlé de tout et de rien, d'elle et surtout de moi, ou plutôt de ma situation. Je sais que pour une tactique de séduction, il y a mieux. Mais ce n'est pas moi qui ai abordé le sujet ; c'est elle qui m'a posé des questions. Rassurez-vous, je ne suis pas resté sans réponse. Elle a connu deux mariages : une première fois très jeune, trop jeune, pensant que cela la ferait mûrir et entrer dans le monde des adultes. La seconde fois, elle s'est unie à un homme plus âgé, avec qui elle a eu un enfant, un fils qui vit maintenant au Canada et qui a vingt-quatre ans. Je partage avec elle quelques mots sur son enfant, qui est maintenant un adulte, tandis qu'elle apprend que, pour ma part, j'ai toujours rêvé d'en avoir un.

Son deuxième mari est décédé dans un accident de moto juste après son accouchement. Elle a dû élever seule son garçon. Depuis, elle essaie de gérer sa vie de femme célibataire, celle de mère, tout en étant agent immobilier. "Je sais, ce n'est pas une vie très excitante", m'a-t-elle dit avec un air navré, "au moins, je reste une femme active, c'est déjà ça", a-t-elle ajouté, le regard baissé.

Je ne peux pas lui en vouloir, surtout que j'ai moi-même arrêté de travailler pour m'occuper de Lisa. Je comprends ce que c'est de devoir jongler pour subvenir à ses besoins. Heureusement, nous avions des économies, que j'ai su faire fructifier. Cela nous permet de vivre de façon équilibrée, sans excès, mais confortablement.

Valérie et moi avons choisi un café-restaurant chic et quelque peu éloigné du centre-ville, afin d'éviter les ragots inutiles. L'endroit, tout en étant très élégant, dégageait une atmosphère accueillante. Ses murs étaient ornés de briques apparentes, et une grande cheminée au feu de bois diffusait une douce chaleur. L'odeur des plats se mêlant à celle du bois brûlé créait une sensation d'évasion totale, comme si nous étions déconnectés de la réalité.

Nous avons bu un verre, puis deux. Les pizzas surgelées que j'avais achetées avaient une drôle de tête sur la chaise à côté de moi. Mais, franchement, cela m'importait peu. J'étais juste bien. Je me sentais revivre.

Durant un long moment, je l'ai regardée, me plongeant dans ses yeux. Les paroles qu'elle prononçait étaient comme un murmure, tel le bruissement d'une forêt en été. Eh oui, il y a des instants dans ma vie où mon côté fleur bleue ressort.

Tout au long de notre rencontre, je n'avais qu'une envie, une seule et irrésistible : effleurer délicatement sa main. Elle était allongée près de moi, séduisante et délicate, à peine un ou deux centimètres plus loin. Un simple geste, un mouvement léger de mes doigts aurait suffi pour caresser sa peau. J'imaginais déjà la chaleur de son contact, la possibilité de percevoir, dans la moindre ondulation de son regard ou la subtilité de son geste, une réponse à mon désir silencieux. Mais à ce moment précis, il me manquait cette étincelle de courage, ce frisson audacieux pour franchir cette distance infime. Peut-être était-ce mieux ainsi, car je redoutais de rompre l'enchantement, cette magie délicate et intense qui nous enveloppait, nous unissant dans une danse d'hésitations et de regards complices.

Inévitablement, le moment est arrivé où nous avons dû faire face à la triste réalité et prendre la décision de nous séparer. C'était un instant chargé d'émotion, mais aussi de résolution. Dans les yeux de Valérie, j'ai lu une réticence similaire, un désir de maintenir ce lien spécial entre nous.

— On devrait garder le contact, tu ne crois pas ? » proposa-t-elle avec une pointe d'optimisme.

Je lui souris, appréciant sa force. « Absolument. Échangeons nos numéros. »

Elle acquiesça, et dans un geste fluide, nous avons partagé nos contacts.

– Je t'enverrai un message, lui dis-je, sentant un mélange d'anticipation et de pragmatisme.

– Parfait, j'attendrai ça avec une grande impatience, répondit-elle, un sourire confiant aux lèvres.

Dans cet échange empli d'espoir, nous avons promis de renouer le fil de notre histoire dès que possible.

Le trajet du retour m'apparaît sous un autre angle ; je perçois la beauté d'une maison colorée. La vue du lampadaire semble éclairer la rue de mille feux. Tout me semble tellement mirifique que, lorsque j'arrive devant ma maison, le retour à la réalité me donne l'impression de prendre un seize tonnes en pleine figure.

Je suis devant la porte, ressentant une appréhension intense ; pour être honnête, j'ai une peur incroyable. Parti depuis si longtemps, je m'attends à des représailles incroyables de la part de Lisa. Je n'ai pas le choix, il faut que je rentre. Les deux pizzas décongelées sont dans le même état que moi lorsque je pousse le battant de la porte d'entrée. Elles sont défaites.

Je me tiens dans la pièce principale, enveloppé par un silence oppressant. Chaque coin semble cacher des ombres inquiétantes. Mon cœur bat la chamade alors que j'attends, presque en retenant mon souffle, de voir Lisa jaillir soudainement, tel un spectre surgissant de nulle part. Mais il n'y a rien, pas un bruit, pas un mouvement. Même Artémis, qui d'ordinaire m'accueille avec des miaulements sauvages et une queue dressée, est étrangement absent. Son silence inhabituel ajoute à la tension palpable, comme si même lui percevait quelque chose d'invisible et menaçant dans l'air.

Je tourne le regard vers la cuisine, et la scène qui s'offre à mes yeux me glace le sang. En une fraction de seconde, mon esprit tente d'analyser la situation. Comment demeurer rationnel devant une situation si imprévue et perturbante, qui est totalement étrangère à notre expérience ?

Lisa est là, allongée sur le sol, la tête tournée vers le mur. Après avoir repris mes esprits, il m'a fallu quelques secondes pendant lesquelles je suis resté complètement stoïque devant elle, devant ce corps. « Elle est morte », « ce n'est pas possible, elle est morte », c'est la phrase qui ne cessait de tourner en boucle dans ma tête. De ma main droite, je cherche fébrilement mon portable, tandis que de ma main gauche, tremblante, je touche doucement son visage froid. Ses yeux, grands ouverts, fixent le vide avec une terreur et une incompréhension glaciale.

CHAPITRE 2 : LISA ET ARTEMIS.

J'ouvre les yeux, d'abord ce que j'aperçois est très flou. J'ai une explosion de lumière et de couleurs qui envahit mon champ de vision. J'entends du bruit tout à l'entour de moi. C'est la voix d'Egon que j'entends.

Pourquoi est-elle si bizarre, sa voix, lui qui en a une si grave et belle ? Elle me paraît tellement paniquée. Je n'arrive pas encore à le distinguer clairement, j'ai dû dormir profondément pour être aussi vaseuse. Petit à petit, je commence à percevoir sa silhouette. Il m'impressionne, il est majestueux, grand et fort. Je comprends pourquoi je l'ai aimé dès le premier regard. Il incarne pour moi l'idéal de ce que peut être un vrai humain. Humain ? Tiens c'est étrange comme expression venant de moi. Mais qu'est-ce qui se passe dans ma tête, bon sang ? Il y a quelques heures, presque tout en lui me répugnait, et maintenant, je ne comprends pas, je ressens comme une attirance, quelque chose de fort, pas de sexuel, mais comme si… je n'arrive pas à trouver les mots.

Tandis que mes yeux s'habituent à cette nouvelle perspective, je sens une étrange légèreté dans mes mouvements. Je tente de m'approcher, mais quelque chose dans ma démarche me semble inhabituel. Mes pas sont silencieux, presque furtifs. Je m'arrête, troublée, et remarque soudain la douceur du sol sous…

mes pattes ? Incrédule, je baisse les yeux et découvre avec stupeur une fourrure soyeuse et des griffes là où devraient se trouver mes mains et mes pieds.

Mon esprit peine à assembler les pièces de ce puzzle irréel. Je suis un chat ? Comment est-ce possible ? La vue d'Egon, qui parle d'une voix brisée au téléphone, interrompt mes pensées. Sa stupeur est palpable. Je me rapproche davantage, essayant de le consoler, mais il ne semble pas me remarquer.

C'est alors que mon regard se pose sur le corps inanimé. Un frisson me parcourt. Le visage, bien que blême et immobile, m'est familier. Trop familier. C'est mon visage. Mon cœur, si j'en ai encore un, s'arrête un instant. « C'est moi, c'est mon corps, » je réalise avec un mélange de terreur et d'incrédulité. Des images me reviennent en mémoire, floues, comme un rêve lointain. La chute, la douleur, puis le noir.

Je regarde Egon, puis le corps, essayant désespérément de comprendre. Comment puis-je être ici, dans ce petit corps de félin, et là-bas, inerte sur le sol ? La réalité de ma situation commence à s'ancrer en moi. Je suis morte, et pourtant, d'une manière que je ne saurais expliquer, je suis toujours ici, observant la scène, ressentant chaque émotion, mais sous une forme totalement différente. Mes yeux se fixent dans le reflet de l'armoire, je sursaute, je suis dans le corps d'Artémis.

Rien n'a de sens dans ce qui se passe. Je suis à côté d'Egon, lui, il est maintenant à genoux, qui fixe le corps allongé qui est le mien. J'ai des perceptions olfactives : elles sont intenses et désagréables, évoquant une viande en début de décomposition, même si l'odeur est légère. Cependant, elle est suffisamment prégnante pour susciter en moi une sensation de faim.

Étrange, que cela me donne faim ! Quelle horreur, je me dégoûte… enfin, plutôt ce maudit chat me dégoûte. Il me mangerait sans vergogne. Bien que nous n'ayons jamais entretenu d'amitié, je dois admettre que je suis étonné qu'il envisage de me dévorer. « Allez, Lisa, fais quelque chose », me dis-je, résolue. Tentant sans espoir d'attirer l'attention d'Egon, je me mets à crier : « Egon, c'est moi, je suis là, regarde, mais regarde-moi. » Ce qui sort de ma bouche est un long et douloureux miaulement, un cri chargé de peine et d'angoisse, assez intense pour impressionner le plus coriace des matous.

Il me regarde, les larmes glissant silencieusement le long de son visage. Avec une délicatesse presque sacrée, il pose sa main sur le sommet de ma tête, laissant glisser ses doigts en une caresse apaisante le long de mon corps. Oh, quelle sensation divine ! J'avais oublié le pur bonheur d'être touchée, d'être reconnue. Ignorant si le fait d'être dans le corps d'un chat amplifie ces sensations, je m'interroge sur les circonstances qui ont bouleversé ma vie à ce point. Que s'est-il passé pour que tout dérape ainsi ?

Mon pauvre Artémis, murmure-t-il doucement, continuant les caresses le long de mon dos « Tu as dû avoir si peur, n'est-ce pas ? Si seulement tu pouvais parler, me raconter ce qui s'est passé. »

J'aimerais lui hurler « Mais regarde ce qui est arrivé, bon sang, ouvrent les yeux, je suis morte ! Que te faut-il de plus ? » Ces mots, je les crie de toutes mes forces, mais tout ce qui s'échappe de ma gorge est toujours et encore ce long miaulement plaintif. « Je ne m'habituerai jamais à cette absurdité. » L'agacement bouillonne en moi, sa présence même m'irrite. Pour exprimer mon mécontentement, je lui donne un coup de patte magistral et m'éloigne avec dignité, roulant des épaules. C'est ma manière à moi de lui faire comprendre à qui il a affaire. Lui cependant n'a aucune réaction.

Je prends conscience que mes attitudes ne sont pas celles de Lisa, mais plutôt celles que l'on attendrait de ce stupide chat. Cela me conduit à une interrogation troublante : suis-je celle qui contrôle, ou est-ce le chat qui guide mes actes ?

Chapitre 3 : Miguel.

Dès la fin de mon appel téléphonique avec Egon, je me suis précipité dans la voiture. Entre deux de ses sanglots entrecoupés de reniflements, j'avais à peine saisi ce qu'il m'avait raconté : ce que j'avais cru comprendre, c'est que Lisa gisait sur le sol, immobile, apparemment complètement sans vie. Comme s'il était possible d'être un peu ou à moitié mort. J'aurais pu me rendre à pied chez lui, étant donné la courte distance qui nous sépare. Cependant, être médecin ne signifie pas forcément être sportif, et l'idée d'arriver trempé de sueur, ayant besoin de dix minutes pour reprendre mon souffle avant de pouvoir commencer à examiner sa femme, ne me semblait pas appropriée.

En arrivant chez eux, je n'ai pas eu besoin de sonner ; la porte, malheureusement, était toujours ouverte. Cela semble être un trait commun dans les petites villes rurales, du moins pour ceux qui sont véritablement nés et élevés dans la région. Nous avons tendance à faire confiance aux gens, croyant que, malgré leur goût pour les ragots, ils ne sont pas foncièrement mauvais. Alors, pourquoi se barricader et vivre comme dans une prison ? Même dorée par le paysage qui nous entoure, une prison reste une prison.

Egon, mon Dieu, qu'est-ce qui s'est passé ? Je ne suis certes pas expert en criminologie, mais s'il y a une chose dont je suis sûr, c'est que j'ai vu de nombreux défunts, et malheureusement de toutes sortes. Depuis la mort paisible dans son lit jusqu'aux corps compressés après un accident de voiture, rappelant les œuvres de César. Je ne dirais pas que les cadavres ne me font plus aucun effet, mais normalement, je parviens à prendre du recul et à me détacher émotionnellement.

En ce qui concerne le corps, permettez-moi d'exprimer ma préoccupation pour la personne allongée sur le sol devant moi. La situation est manifestement différente. Premièrement, je la connais. Deuxièmement, c'est la femme de mon ami. Troisièmement, et c'est sans doute le point le plus crucial pour moi, le corps devant moi a clairement été victime d'un meurtre, comme en témoignent les marques nettes sur son cou.

Ayant terminé les constatations d'usage, je me redresse lentement. Egon remarque ma perturbation, mais reste silencieux. Il doit sûrement penser que c'est le fait que ce soit sa femme qui me mette dans un état pareil. Cependant, dans ma tête, tout se bouscule : les marques autour du cou de Lisa ne laissent place à aucun doute. Elle a été étranglée, et à en juger par la taille des empreintes, il s'agit manifestement des traces de mains imprimées sur son corps.

« Mais, Egon, qu'as-tu donc fait ? » Ma voix s'échappe malgré moi, étouffée par l'émotion. Il me fixe, un regard incrédule fusillant le mien, comme si mes paroles étaient des énigmes ou des armes. « Pourquoi dis-tu cela ? » Sa question, simple en apparence, résonne lourdement entre nous. Mon regard oscille, capturé entre le corps inerte de Lisa, gisant sur le sol, et Egon, debout, mais semblant tout aussi perdu, tel un pantin privé de ses fils.

– Egon, par pitié, dis-moi que ce n'est pas toi.

– Mais de quoi parles-tu, enfin ?

– Lisa… quelqu'un l'a étranglée !

La révélation le frappe de plein fouet, comme si le souffle d'une explosion invisible venait de le toucher. Sa mâchoire se décroche, trahissant un abîme de stupeur. C'est dans ce silence chargé, sous le poids de son regard soudainement voilé, que je saisis la vérité : Egon était innocent. La gravité de l'instant suspend tout autour de nous, et dans cette suspension, un lien indéfectible se tisse, éloignant Egon de l'ombre du soupçon.

L'émotion m'étreint avec une intensité si brûlante que, sans y réfléchir, je franchis la distance nous séparant et enlace Egon, le pressant contre moi dans un geste de désespoir partagé. Instinctivement, il se laisse faire, son corps cédant à cette étreinte, comme si, l'espace d'un instant, nos cœurs battaient à l'unisson face à l'abîme qui s'ouvre devant nous. Mais ce moment de communion est éphémère. Au bout de quelques secondes, une tension palpable s'infiltre de nouveau entre nous. Egon se raidit, son malaise devenant tangible. Avec une brusquerie qui trahit son trouble, il se dégage de mon étreinte, reculant d'un pas. Ses yeux, reflets de sa confusion grandissante, se fixent sur moi alors qu'il s'exprime d'une voix empreinte d'hésitation : « Euh… pourrais-tu m'expliquer ce qui se passe ? Est-ce que tu pensais vraiment que j'avais assassiné Lisa ? »

En apparence simple, cette question résonne avec une gravité inattendue, suspendant le temps qui nous entoure. L'air semble se condenser, chaque mot ajouté intensifie une tension qui devient presque tangible.

Comme par miracle, Artémis jaillit de nulle part. Surpris, je fais un bond en arrière, face à ce chat qui, d'ordinaire si placide, m'apparaît aujourd'hui sous un jour étrangement différent. Oui, étrange est bien le mot, tant par sa manière de se mouvoir que par son regard, inhabituellement perçant. Il me semble presque que le chat cherche à nous communiquer quelque chose. Cependant, je mets fin à mes divagations sur ce mystérieux comportement félin et, m'efforçant de garder mon calme tout en luttant contre mes propres larmes — qui, si elles coulent, ne le font certainement pas pour les mêmes raisons qu'Egon —, je lui murmure doucement : « Il faut appeler la police, c'est un meurtre. Je suis vraiment désolé, Egon. » La seule réponse d'Egon fut de me tendre son téléphone portable, tandis que des larmes continuaient de rouler sur ses joues.

CHAPITRE 4 : COMMISSAIRE VALENCE.

Je viens enfin de m'installer à mon bureau après une journée éprouvante. Poussant un soupir, j'ouvre le tiroir pour en sortir un petit miroir et l'oriente vers mon visage afin d'ajuster ma barbe. Ce geste n'est pas vain ; je tiens à l'apparence soignée de ma pilosité, une question de prestige, pourrais-je dire. Sur mon bureau, il y a une photographie de ma femme, ou plutôt de mon ex-femme.

Un jour, celle-ci m'a annoncé qu'elle ne m'aimait plus, ayant trouvé un nouvel amour en la personne de Jésus. Sur le coup, j'étais perplexe, cherchant dans ma mémoire un visage, un nom correspondant, sans succès. Ce n'est que quelques jours plus tard, en rentrant chez moi, que j'ai été confronté à la réalité de son nouvel amour.

Ma femme était agenouillée dans une pénombre presque complète, devant un imposant crucifix posé sur la table. Sa prière était si fervente que je ne pus retenir un éclat de rire. Levant calmement les yeux vers moi, elle me dit : « Tu vois, Eugène, je ne t'ai pas menti. Demain, je quitterai cet endroit pour entrer au couvent. » Moi, avec mon tact habituel, je m'exclamais d'un rire encore plus fort, me tenant les côtes. Les larmes se mêlaient à mon hilarité. Néanmoins, je parvins à lui répondre entre deux rires :

« Ma chère Françoise, tu ne cesseras jamais de m'amuser avec tes folies. »

Trois ans sont passés depuis que cette »folie » a commencé, trois ans depuis que madame est entrée au couvent, et moi, comme un parfait idiot, je n'avais rien vu venir.

Je contemple la photo, l'affection que je porte à mon ex-femme est indéniable. L'inspecteur Alain Jacquet fait irruption dans mon bureau sans prévenir, affichant un sourire niais. « Monsieur le Commissaire », s'exclame-t-il, essoufflé. « Ça y est, ça y est. » Pourquoi ce besoin de répéter chaque mot ?

– Qu'est-ce qui te tracasse, inspecteur ? demandai-je d'un ton sec.

– Un mort, il y a eu un mort.

– Bon sang ! Inspecteur, arrêtez de répéter chaque phrase.

– Nous avons enfin un assassin dans notre ville.

– Êtes-vous sûr de vous ?

– Oui, mais… enfin, quelque chose se passe dans ce coin perdu, autre que les habituels ivrognes et chiens perdus.

– On ne se réjouit pas d'un crime.

– Oui, mais…

– Assez. Dites-moi ce que vous savez sans vous agiter.

Jacquet a pris plus de dix minutes à reprendre ses esprits avant de m'expliquer qu'on l'avait appelé pour l'informer qu'un meurtre avait été commis. Une femme avait été retrouvée morte dans sa cuisine. Selon le médecin sur place, elle aurait été étranglée. C'est son mari qui l'avait découverte et avait appelé son ami médecin.

J'étais dans la voiture, accompagné de mon inspecteur qui ne se calmait toujours pas. J'avais l'impression de me retrouver avec un enfant impatient d'aller à la fête foraine. À bout, je m'arrêtai net sur le bas-côté. Jacquet me regarda, perplexe.

– Qu'est-ce qui se passe, Monsieur le commissaire ? demanda-t-il, sans réaliser l'impact de son comportement. Bien sûr, je n'aurais jamais agi, mais l'idée de l'abandonner ici me traversa l'esprit. Je me forçai à garder mon calme et répondis avec une pointe de menace dans la voix.

– Écoute, tu as intérêt à te calmer. Si tu ne fais pas preuve de maturité et de professionnalisme, je te laisse ici et tu te retrouves à réguler la circulation pendant un mois. Clair ?

Baissant la tête comme un enfant pris en faute, il marmonna : « Oui, commissaire, promis, ça ne se reproduira plus. ».

CHAPITRE 5 : ARTEMIS (LISA)

Je suis à l'extérieur, dans le jardin, il fait nuit noire, l'air frais caressant mes moustaches. Accroupi dans un petit coin de terre sous un bosquet, quelque chose se passe dans mon corps. Enfin, »mon » corps, c'est vite dit. Ce corps de chat dans lequel j'ai atterri, sans savoir comment ni pourquoi. Un liquide chaud éclabousse légèrement mes pattes. Zut, je suis en train d'uriner. Quelle idiotie de ma part. Je ne m'étais même pas rendu compte.

C'est une sensation similaire à celle des humains, à cela près qu'au lieu de fixer une porte, un magazine ou un smartphone, je me concentre sur la nature, les arbres, etc., dès que je commence à chercher par l'odorat une proie potentielle.

J'entends du bruit derrière moi, venant de la direction de la maison. Je ne réalise même pas comment je suis sorti. Je me souviens seulement de la scène avec Egon et Miguel, puis c'est le trou noir. Et me voilà, me retrouvant ici, les fesses à l'air et les pattes écartées.

Deux personnes sont entrées dans la maison. Je remarque le plus âgé des deux, un homme barbu. Les barbus, je ne les aime pas. Je ne saurais dire pourquoi, mais leur aspect me dérange. Il y a quelque chose de malsain chez eux. J'ai du mal à distinguer si cette aversion provient de mon côté chat ou de moi

Lisa. Parfois, j'ai l'impression que tout se mélange, et c'est frustrant. Quelle part de mon moi est véritable ? Comme dans cette situation : est-ce moi Lisa qui ne supporte pas les hommes au menton poilu, ou est-ce le chat Artémis, pour une raison inconnue ?

Le mystérieux homme à la barbe, je vois sa silhouette accroupie près de mon flanc, celui d'un humain allongé sur le sol, bien sûr, le barbu éclipse partiellement l'autre, le cadet… Certes, une aura insolite enveloppe ce jeune depuis son arrivée, une bizarrerie que je ne saurais nommer. Il lutte contre une force intérieure, une effervescence qu'il ne peut maîtriser. Cette vibration, je la capte, infusant l'essence même de ma nature féline. Est-ce l'appel du chasseur en moi qui murmure, ou quelque secret plus profond encore ?

Je m'approche lentement de la foule agglomérée autour de mon corps d'humain inanimé. Egon observe avec intensité le visage sans vie qui était le mien. Malgré les épreuves que je lui ai imposées, je discerne une lueur de tristesse dans son regard. Il m'aimait encore, du moins, je veux le croire. La confusion m'envahit toujours ; je ne parviens pas à saisir ce qui a mal tourné entre nous, pourquoi ai-je perdu pied de cette façon ? La honte m'envahit. La douleur que je ressens pour lui est si intense qu'un miaulement prolongé s'échappe de mes lèvres, à ma propre surprise. Soudain, je sens deux mains me saisir avec douceur, m'enveloppant contre un torse masculin qui exhale une odeur de tabac.

Je n'apprécie guère d'être ainsi saisi, porté contre le gré de mes envies ; cette sensation m'est profondément désagréable. Seul Egon possède ce privilège. Étrangement, voilà que je me mets à penser comme le chat. La situation ne cesse de me déconcerter. C'est le jeune acolyte, l'assistant du barbu, qui m'agrippe solidement. Je tente de me libérer, mais l'étreinte de ses bras est d'une force incontestable.

Je réussis enfin à m'extirper de son emprise et me précipite pour me réfugier entre les jambes de mon maître. »Mais bon sang, Lisa, arrête ! » crie une voix dans ma tête, »ne réagis pas comme Artémis. » Bien que je le pense fermement, que je me le hurle intérieurement, mon instinct félin prend le dessus. Je me frotte contre les jambes d'Egon, et un doux ronronnement émerge. Il s'intensifie lorsque ses mains me touchent et m'attrapent avec tendresse. Mon cœur s'emballe. J'avais oublié que cette sensation pouvait être merveilleusement douce. Il est impératif que je découvre ce qui s'est réellement passé. Mais comment ? Voilà toute la question.

CHAPITRE 6 : COMMISSAIRE VALENCE.

Le gamin, mon jeune inspecteur, est visiblement toujours surexcité, comme s'il assistait à son premier événement d'importance — en l'occurrence, un meurtre. Pour ma part, je considère l'affaire comme rapidement résolue. Une logique élémentaire, rien d'extraordinaire. Il s'agit probablement d'une simple dispute conjugale qui a mal fini. La première chose que je vérifie, c'est l'existence d'une effraction. Rien à signaler de ce côté-là. Ensuite, le comportement du médecin me paraît étrange ; il fixe le mari de la victime d'une manière qui semble trahir une tentative de se convaincre de l'innocence de l'époux. Même le chat a un comportement inhabituel pour un chat. Néanmoins, pour moi, la conclusion est évidente : le coupable est le mari. Des individus de ce type craquent rapidement ; il suffit d'exercer un peu de pression. Et l'affaire est dans le sac.

CHAPITRE 7 : EGON

Je ne sais pas quelle image ce policier a de lui-même, mais son attitude commence sérieusement à m'agacer. Il semble tout droit sorti d'une caricature de flic des années quatre-vingt, un véritable cliché ambulant qui se croit dans la peau de Starsky. Son regard accusateur pèse lourd sur moi ; dans ses yeux, pas l'ombre d'un doute : c'est moi le meurtrier de Lisa.

À ses côtés, le jeune agent qui l'accompagne déborde d'enthousiasme, frôlant l'hystérie. Miguel, quant à lui, reste stoïque, tandis que je me sens totalement abattu. Le chat, indifférent à notre tension, se promène avec nervosité dans la pièce. Ensemble, nous avons l'air d'une version tragiquement comique des Pieds Nickelés.

Mon regard se pose, sans raison apparente, sur un coin de la table de la cuisine. C'est étrange, quelque chose me trouble. Je suis dans l'incapacité de comprendre ce qui se passe et les raisons derrière cela. Malgré toute l'attention que je lui porte, rien ne me saute aux yeux.

Pourtant, je sais qu'il y a quelque chose. Je suis sorti de ma torpeur par la voix grave du commissaire.

- Alors, mon brave monsieur, vous allez me raconter tout ce qui s'est passé, me dit-il avec une pointe d'ironie dans le regard.

Je n'aime pas ce policier, et le sentiment est réciproque. Cela se sent à des kilomètres à la ronde.

– Je suis rentré et je l'ai trouvée là, allongée sur le sol. J'ai cru qu'elle avait fait un malaise, et c'est en m'approchant que j'ai… Il me coupe la parole sans me laisser terminer.

– Et vous étiez où ? Avant de rentrer !

– En ville.

- C'est tout ? C'est un peu court, jeune homme.

Voilà qu'il se prend pour Cyrano maintenant ce con.

– Je suis allé faire des courses, puis j'ai rencontré quelqu'un…

– Qui, ce « quelqu'un » ?

– Une ancienne connaissance que je n'avais plus vue depuis très longtemps.

– Comme par hasard, aujourd'hui !

– Quoi ? Vous insinuez quoi ?

– Je ne sous-entends absolument rien, mon cher.

– Mais arrêtez de me prendre pour un idiot. Depuis que vous êtes arrivés, vous êtes persuadé que je suis le coupable. Miguel bondit de sa torpeur et vient déposer ses deux mains sur moi pour tenter de m'apaiser.

« Calme-toi », me dit-il. Il fait juste son travail.

Lançant un regard noir à Miguel, je me libère de son étreinte et me dirige vers la table. Mon regard se fixe sur un objet sans que j'en saisisse véritablement l'essence. Mes yeux observent, mais mon esprit n'a pas encore assimilé l'information. C'est un petit morceau de papier, plié en deux, guère plus grand qu'une carte postale. Sur ce papier blanc, on distingue en transparence quelques lignes manuscrites.

Je saisis le papier et tente de déchiffrer le contenu. Malgré la beauté de l'écriture, les mots semblent d'abord ne pas m'atteindre. Il me faut un moment pour véritablement comprendre leur signification. Je repose ensuite le papier avec précaution et fais signe au policier, qui, téléphone en main, s'efforce d'organiser la suite des opérations. À contrecœur, il s'approche de moi. Lorsqu'il est à mes côtés, je pointe du doigt le papier. Il le prend et commence à le lire.

« C'est votre femme qui a écrit ça ? » me demande-t-il.

Je lui fais non de la tête. Il pousse un soupir et il commence à comprendre que l'enquête ne sera sûrement pas aussi simple qu'il ne le pense.

CHAPITRE 8 : LA LETTRE.

« Chaque fin a son commencement, et chaque labyrinthe son fil. Tu te demandes qui je suis, pourquoi j'ai fait ce que j'ai fait ? La réponse est plus proche que tu ne le crois, cachée dans les ombres de ton propre passé.

Ne cherche pas à comprendre mes raisons ; cherche plutôt à comprendre comment tu y es mêlé. La vérité est un chemin sinueux, et ce que tu découvriras te changera à jamais. Car la frontière est tellement fine entre le rêve et la réalité que le réveil peut être douloureux.

Nous nous verrons bientôt,

Le gardien du labyrinthe. »

CHAPITRE 9 : VALERIE.

Je suis heureuse, ça fait longtemps que je n'avais pas ressenti ce sentiment. Tout paraît tellement possible. Jamais je n'aurais cru que tout se passerait comme ça avec une telle facilité. Je retire de mon sac à main une vieille photo, les couleurs sont passées, les coins sont abîmés, mais on reconnaît les deux visages qui y sont imprimés. Ce sont deux adolescents à l'avant-plan. Un garçon et une fille. Leurs regards ne trompent pas, on peut percevoir l'amour entre eux deux. Ces deux adolescents, c'est moi et Egon. L'époque bénie de l'innocence et de l'insouciance. L'époque où l'on était persuadé de s'aimer pour l'éternité. J'ai un petit pincement au cœur lorsque je repense à cette époque. Tant d'années gâchées. Un sentiment de jalousie vient aussi se greffer. Il en aime une autre. Si l'on peut dire aimer, car avec tout ce qu'il m'a raconté, c'est certain qu'il n'y a plus de sentiment entre eux. Je sais qu'il sera bientôt à moi. Je suis certaine et je ferais tout pour.

J'entre dans ma chambre d'hôtel, un havre de paix après le tumulte de la ville. Ouvrant ma valise, je sélectionne avec soin quelques vêtements — ceux spécialement dédiés à mes séances de communion avec les esprits. Chaque ustensile est imprégné d'une intention et d'une histoire, essentielles pour faciliter le lien entre les mondes.

Pressé par le temps, mais conscient de l'importance du rituel à venir, je me dirige vers la salle de bain pour me débarrasser des égrégores urbains qui s'accrochent à moi comme une brume invisible. L'eau chaude commence à couler, formant un voile de vapeur qui enveloppe la pièce.

Je passe sous le jet d'eau sur tout mon corps, laissant l'eau chaude effacer les traces de la journée. Chaque goutte qui glisse sur ma peau est un symbole de purification, emportant avec elle les énergies accumulées. Dans ce moment de solitude, je me concentre sur mon intention, sur la raison profonde de ce rituel. C'est une préparation aussi physique que spirituelle, une façon de laisser derrière moi le monde matériel pour mieux me connecter à l'invisible.

L'eau, dans sa chaleur et sa fluidité, devient un moyen de transition, un pont entre moi et les esprits avec lesquels je souhaite entrer en contact. Je visualise les énergies négatives se dissiper et s'en aller avec le courant, me laissant ainsi purifié, prêt à enfiler mes vêtements de rituel.

Sortant de la douche, je me sens renouvelé, comme si chaque parcelle de mon être avait été nettoyée et préparée pour le voyage spirituel à venir. Je m'habille lentement, en pleine conscience, chaque geste empreint de respect et de dévotion pour la cérémonie qui m'attend.

CHAPITRE 10 : EGON, QUELQUES JOURS PLUS TARD.

Devant le miroir de la salle de bain, je me tiens là, luttant avec le nœud de ma cravate. Cela fait une éternité depuis la dernière fois que j'en ai porté une. Même durant ma vie professionnelle, je n'en avais pas l'obligation. Les seules occasions, c'étaient les mariages et les enterrements. Et aujourd'hui, c'est un de ces jours. C'est le dernier adieu à Lisa. Je ne vais pas prétendre que ça ne me touche pas ; un vide s'est formé dans ma vie, mais ce qui m'inquiète par-dessus tout, c'est le message du tueur. Depuis que l'impensable s'est produit, je ne cesse de ressasser ses mots dans ma tête. Quels secrets cachait-elle ? Lisa avait-elle une vie dont j'ignorais tout ? Il est vrai qu'elle avait une histoire avant que nos routes se croisent, mais rien qui ne ressemble à un thriller d'espionnage. Miguel et moi avons longuement discuté de la situation. Nous sommes arrivés à la même conclusion : c'est l'œuvre d'un psychopathe. Il prend du plaisir non seulement à commettre un meurtre, mais aussi à nous torturer psychologiquement, en semant le doute dans l'esprit des gens qui sont proches des personnes qu'il a tuées.

Je tente de repousser ces pensées sombres, conscient du fait que mon visage trahit le manque de sommeil des derniers jours.

L'enterrement est prévu dans une heure. Il me reste suffisamment de temps pour me préparer un café fort, un petit rituel qui me raccroche à la réalité. Pourtant, chaque fois que je pénètre dans la cuisine, un malaise profond s'empare de moi. La vision de cette silhouette étendue au sol me hante sans cesse. Quant à Artémis, mon chat, il a disparu depuis deux jours, juste après que le corps eut été emporté. Mon inquiétude grandit de jour en jour. Si quelque chose lui était arrivé… Si le tueur était revenu pour s'en prendre à lui… L'idée de retrouver son petit corps meurtri abandonné au bord de la route me glace le sang.

Un bruit soudain retentit dans la maison, me figeant sur place. L'origine semble être la chambre de Lisa. Doucement, je me lève, faisant le moins de bruit possible, le cœur battant la chamade. La peur m'envahit, mais bientôt, un calme précaire s'installe. Peut-être n'était-ce qu'un bruit ordinaire, un de ces grincements habituels de la maison.

Arrivé à la porte de la chambre, je pose délicatement ma main sur la poignée, puis, dans un élan de courage, l'ouvre brusquement. Soudain, Artémis bondit hors de la pièce, me faisant pousser un cri de terreur.

CHAPITRE 11 : INSPECTEUR ALAIN JACQUET.

Je n'ai presque pas fermé l'œil de la nuit, tournant et retournant sans cesse les pages de l'album photos que j'ai subtilisé dans la chambre de la défunte. Je sais que j'aurais dû m'abstenir, mais la tentation était trop forte. Si le commissaire venait à l'apprendre, je ne donnerais pas cher de ma peau. Ce n'est pas qu'il soit un mauvais policier, loin de là, mais il représente ce que j'appellerais un flic de campagne à l'ancienne. Sa principale préoccupation semble être de courir après les ivrognes et les voleurs de volailles. Et malheureusement, plus il se rapproche de la retraite, moins il semble enclin à se mobiliser et prendre des initiatives. Cela dit, au fond, c'est un brave homme. Il n'est pas méchant pour un sou, mais, comme le dit l'expression, « il n'est pas encore tout à fait terminé ».

Au début, j'ai pris l'album par pure curiosité. J'avais besoin de donner un visage, une histoire, à ce corps sans vie que j'avais découvert. Peu importe à quel point on se prépare psychologiquement, la confrontation avec son premier cadavre marque profondément les esprits.

Durant la nuit, l'insomnie m'ayant pris, j'ai saisi l'album pour le poser sur mes genoux, m'immergeant dans son contenu comme un enfant qui découvre un livre d'images pour la première fois. Un épais volume, mais dépourvu de texte. Je feuilletais les photos une à une, tentant de les animer de mon imagination. L'album ne montrait que des photos de Lisa à l'âge adulte, incluant des clichés d'elle seule ou en compagnies. Parmi ces souvenirs figés, le fameux médecin faisait régulièrement son apparition, toujours affichant le même regard, invariablement posé sur le mari de la victime.

Ce qui retient vraiment mon attention, ce n'est pas tant le cadre des photos, mais plutôt l'expression de Lisa qui me trouble. Dans les clichés que je qualifierais de privés, capturés chez elle ou en intérieur, Lisa apparaît sereine, détendue. En revanche, les rares photos prises en extérieur révèlent une tout autre facette : elle y semble empreinte d'une inquiétude teintée de peur. Sur aucune de ces images en plein air, on ne la trouve sereine.

Pourtant, malgré les heures passées à déchiffrer les émotions figées sur papier, la vérité reste insaisissable, dissimulée entre les sourires forcés et les regards fuyants. Il me fallait plus que des images ; il me fallait des témoignages vivants, des fragments de vie partagée. L'enterrement de Lisa, prévu ce matin, se présentait comme une occasion inespérée de plonger au cœur de son univers, de rencontrer ceux qui l'avaient connue, aimée, ou peut-être crainte.

En me préparant pour l'occasion, je ressentais un mélange d'appréhension et de détermination. Assister à l'enterrement sous le prétexte de rendre un dernier hommage à la défunte, tout en cherchant des indices sur sa mort, me semblait être un acte d'équilibriste entre le respect dû à sa mémoire et la nécessité impérieuse de découvrir la vérité.

CHAPITRE 12 : EGON, 9 H 35

L'atmosphère dans l'église est lourde, presque suffocante, avec les bancs presque tous occupés par de parfaits inconnus. Je ne me fais aucune illusion ; je sais bien que la plupart des gens ne sont pas venus pour honorer véritablement la mémoire de Lisa. Ils sont là pour satisfaire leur curiosité morbide. Ce que vous ne réalisez peut-être pas, c'est qu'un meurtre dans une petite ville équivaut à l'effervescence de l'arrivée du Tour de France. Si cela était socialement acceptable, je suis sûr qu'ils organiseraient un bal et tireraient un feu d'artifice, tant cet événement tranche avec la monotonie de leurs habitudes. Leur présence me donne la nausée.

Miguel, à mes côtés, est le seul sur qui je peux vraiment compter. Il perçoit mon malaise. Devant moi, le cercueil capte mon regard, mais je ne parviens pas à définir l'émotion qui m'habite. Depuis l'annonce du drame, je ne cesse de me perdre en conjectures, obsédé par le message laissé par l'assassin. Ce fameux message énigmatique. Je dois l'admettre, je connais peu de choses du passé de Lisa. Elle m'a simplement confié que ses parents sont décédés dans un tragique accident de voiture, survenu après une soirée arrosée, alors qu'elle n'avait pas encore la trentaine. Je n'ai aucune raison de douter de ses paroles. Fille unique, et sans autres parents proches, elle s'est retrouvée complètement isolée pour continuer sa vie d'adulte. Une histoire triste, certes, mais d'une banalité affligeante, comme elle aimait elle-même me le souligner.

Mes pensées sont partagées, hantées par tout ce qui a traversé mon esprit les jours précédant le drame. L'envie de me libérer, ce sentiment d'étouffement persistant. Ma rencontre avec Valérie a rallumé l'espoir d'un changement dans ma vie. Je suis tiraillé entre la honte et un sentiment indéfinissable, mais une chose est sûre : je me sens profondément en porte-à-faux.

La cérémonie est sur le point de commencer quand le prêtre entame son homélie. Mon esprit se déconnecte, et mes yeux se fixent sur un point indéfini au loin. Je me retrouve enfermé dans mon propre univers, imperméable aux sons et aux visions de la cérémonie qui se déroule autour de moi.

C'est un événement vraiment étrange qui me sort de ma méditation. Je ne sais pas si mon esprit me joue des tours ou si je perds la raison, mais je suis convaincu de voir mon chat, Artémis, dans l'église. Et le plus perturbant, c'est de le voir fixer une personne précisément et cette personne n'est autre que Valérie, ma Valérie.

TROISIEME PARTIE.

CHAPITRE 1 : ARTEMIS, LISA 9 H 30

Mais qui pourrait bien m'expliquer ce que je fais là ? Devant cette église, sous un froid mordant, la faim me tiraille, et je reste sans réponse quant à la raison de ma présence dans ce corps de chat. Autour de l'église, une foule s'est formée. Je ne saisis vraiment pas ce qui se passe ici. Je sais, je me répète, mais cette situation me semble tellement surréaliste. En fait, tout a pris une tournure irréelle depuis… depuis quand ? Au juste ! Je n'ai même pas de repères temporels. Je suis seulement conscient que mon essence humaine s'est retrouvée emprisonnée dans le corps d'un chat. Et le plus étrange dans tout ça, c'est que cette transformation s'opère par intermittence. Mais alors, quand je ne me trouve pas dans l'esprit d'Artémis, pourrait-on me dire où je suis ?

Je me faufile à travers la foule. La moitié des passants ne me remarque même pas, tandis qu'une autre partie m'offre des sourires amusés. Le reste des autres humains, quant à eux, tente tant bien que mal de me caresser le dessus de la tête, me parlant comme si j'étais un simple d'esprit. Les individus bipèdes sont décidément des créatures fascinantes. Avec agilité, j'esquive leurs mains tendues et me glisse à l'intérieur de l'édifice. L'obscurité et le froid saisissant de l'église en hiver m'enveloppent aussitôt.

Il y a quelque chose d'assez amusant, si l'on peut dire, dans ce mélange de personnalités qui cohabitent dans cette créature poilue. Je ressens les impulsions de mon moi humain, Lisa, avec cette envie irrésistible de m'enfoncer dans un coussin moelleux, de me réchauffer au crépitement d'un feu de cheminée, le tout couronné par une sieste inoubliable. Mais pour l'instant, c'est moi, Lisa, et je suis déterminée à comprendre ce que je fais dans ce lieu.

Malgré l'agitation à l'extérieur, l'église est pour le moment presque déserte. Mon regard scrute les environs. Je me réfugie derrière un pilier, espérant échapper à l'attention d'un humain en quête de tendresse pour une boule de poils. À quelques mètres, une femme attire mon attention. Elle est belle, mais quelque chose en elle m'intrigue. Il me faut quelques instants pour saisir ce qui me perturbe. Autour de son corps flotte une sorte de halo légèrement violet. C'est la première fois que je suis témoin d'une telle manifestation.

Cette apparition qui se produit devant moi est si perturbante que je ne remarque même pas immédiatement l'église qui se remplit en quelques minutes. La foule, qui s'agglutinait auparavant à l'extérieur, vient désormais s'installer dans un silence presque monastique, en attente de la suite des événements. Quatre individus en costume noir, portant un cercueil, avancent lentement vers l'autel. Malgré cela, mes yeux restent fixés sur la femme. Tout d'abord, elle contemple le cercueil, puis elle tourne légèrement la tête. Un léger sourire se dessine sur son visage.

Un son, ou plutôt un mot se répète, résonnant à travers l'espace sacré. Il me faut un instant pour émerger de ma torpeur méditative. Ce mot, vibrant dans ma tête, me frappe comme un coup de poing. Sonné pour quelques secondes, je me redresse sur mes pattes et allonge le cou, cherchant à comprendre. Mon regard suit celui de la femme. Et là, je le vois pour la première fois : Egon, élégant dans son costume, et Miguel, ce cher Miguel, qui se trouve toujours à l'ombre de mon mari.

La réalité me percute de plein fouet. La boîte au centre de cet amas de fleurs et de pleurs. C'est moi qui suis à l'intérieur, ou plutôt, mon corps allongé. L'émotion me submerge. Un cri s'échappe de mon être. « Non, c'est impossible, je ne peux pas être morte. Merde, je suis ici, regardez-moi ! »

« Lisa ? C'est toi ? » Une voix me chuchote ces mots. Je tourne la tête vers l'origine de la phrase et, stupéfaite, je réalise que c'est la femme à l'aura qui s'adresse à moi. Elle me regarde intensément. Pourquoi et surtout comment connaît-elle mon prénom ? Autour de nous, les autres n'ont perçu qu'un long miaulement. Même Egon sursaute et se précipite vers moi, m'appelant par mon nom de chat. Qui est cette femme pourquoi me reconnaît-elle ainsi ?

Egon m'attrape, puis lève les yeux vers elle. « Valérie, tu… tu es… » commence-t-il. Valérie, puisque c'est son nom, elle nous regarde — moi et Egon — puis, avec un sourire énigmatique, elle répond : « On en reparlera plus tard, si tu veux ! » Mais m'a-t-elle adressé la parole, ou cette phrase n'était-elle que pour Egon ?

CHAPITRE 2 : VALERIE.

Je me suis empressée d'arriver à l'église avant que la foule de curieux ne commence à se réunir et ne prenne et les meilleurs place ! Normalement, je n'aurais pas dû me trouver là. Mais hier soir, j'ai reçu un message insistant sur l'importance cruciale de ma présence pour la suite des événements. Depuis la mort mystérieuse de ma famille, j'ai développé, disons, une certaine aptitude à communiquer avec l'au-delà. Je sais ce que vous pensez : « Cette fille a perdu la tête ». Au début, j'étais moi-même sceptique face à ce qui m'arrivait. On imagine toujours réagir d'une certaine manière face à l'inattendu, mais quand cela vous tombe dessus, on se sent souvent désemparé.

La vie, contrairement aux séries télévisées, ne nous permet pas de tout encaisser en cinq minutes. Accepter cette réalité m'a pris des années, et il m'arrive encore de douter de ma santé mentale lors de ces épisodes, même si j'ai fini par devenir experte en la matière.

La première fois que cela m'est arrivé, vous l'aurez deviné, c'était à la suite de la mort de mes géniteurs. J'étais tranquillement installée dans mon lit, plongée dans la lecture d'un roman, lorsque j'ai entendu des pas dans la maison. Je pensais qu'il s'agissait de mes parents, reconnaissant instinctivement leur manière de se déplacer. Posant mon livre, je descendis les quelques marches me séparant de la pièce principale. Là, ils se tenaient tous les deux devant moi, mais ils n'étaient plus tout à fait humains. Ils avaient une apparence translucide, presque éthérée, et une aura étrange les entourait. Mon père tendit la main pour caresser doucement ma joue, mais sa main passa à travers moi. Ma mère, de sa voix la plus douce, murmura : « On t'aime tellement, et l'on est si fier de toi, ma chérie. Ne baisse jamais les bras. Crois en toi. »

J'allais leur dire que leur soirée avait dû être joyeuse ou une bêtise de la sorte, n'ayant même pas perçu leurs changements d'apparence quand la sonnerie de la porte d'entrée retentit. À l'ouverture, je me retrouvai face à deux policiers dont l'expression sombre ne présageait rien de bon.

J'étais sur le point de leur répondre, prête à leur annoncer qu'ils commettaient une énorme erreur concernant la mort de mes parents, puisque ces derniers se tenaient juste là, devant moi. J'ouvris la porte en grand, voulant leur prouver leur méprise. Mais quand je me retournai, il n'y avait plus personne derrière moi. Un silence pesant, mortel si l'on peut dire, emplissait désormais la pièce.

Je suis restée prostrée pendant plus de quinze jours. La mort de mes parents et les événements qui s'étaient déroulés m'avaient complètement bouleversée. Ce don, si tant est que je puisse le qualifier ainsi, est un secret que je n'ai jamais partagé avec personne. Je n'ai jamais trouvé quelqu'un en qui avoir suffisamment confiance pour dévoiler ce que je vivais.

Les curieux, car c'est ainsi qu'il convient de les appeler, prennent place dans l'église. Puis Egon arrive, accompagné de Miguel. Ce dernier a bien changé, lui aussi. Il n'a jamais été particulièrement svelte, mais désormais, il affiche un embonpoint notable. Mon regard se porte sur le cercueil, puis se fixe à nouveau sur Egon. Un frisson me parcourt le ventre. Je dois l'admettre : malgré le temps écoulé, je ressens encore quelque chose de très fort pour lui.

Mais je doute que l'on m'ait demandé de venir simplement pour admirer l'allure d'Egon lors de l'enterrement de son épouse. J'essaie de vider mon esprit, en quête d'un signe, d'un message. La réponse que j'attendais est arrivée de la manière la plus inattendue. Un chat, dissimulé derrière une colonne — ou plutôt, ce qui semblait être la forme physique d'un chat —, s'est mis à crier dans un langage humain : « Non, c'est impossible, je ne peux pas être morte. Merde, je suis ici, regardez-moi ! »

Aux regards des personnes autour de moi, je comprends que je suis la seule à entendre ces mots. Je réalise alors que c'est à travers ce chat que Lisa tente d'interagir avec le monde. Egon s'avance et se place face à moi, visiblement perturbé de me voir. Il balbutie quelques mots. Mon attention est partagée entre les deux protagonistes, et les mots que je prononce s'adressent à eux deux. Egon m'offre un sourire confus avant de retourner s'asseoir, prenant le félin sur ses genoux. Au contact d'Egon, le chat semble s'apaiser.

Je me lève discrètement de ma chaise et me dirige vers la sortie, ressentant un besoin urgent de prendre l'air. L'odeur de l'encens, mêlée aux émotions tumultueuses qui m'envahissent, me donne l'impression d'étouffer.

CHAPITRE 3 : COMMISSAIRE VALENCE.

La musique résonne à plein volume dans l'habitacle de ma vieille berline de fonction. Un classique des années 80 dont je ne me lasse décidément pas. Tout en tambourinant sur le volant au rythme de la batterie, mes pensées dérivent, comme souvent, vers le passé.

Mon téléphone se met soudainement à vibrer sur le siège passager. Jetant un œil sur l'écran, je reconnais le nom de l'inspecteur Jacquet. Un soupir m'échappe tandis que je décroche à contrecœur, prêt à l'entendre débiter son excitation juvénile après chaque nouvelle découverte, fût-elle anodine.

– Monsieur le Commissaire, vous ne devinerez jamais ! s'exclame-t-il sans préambule. Je crois avoir trouvé quelque chose d'important !

Sa voix témoigne d'un enthousiasme peu commun. Malgré moi, sa curiosité pique la mienne.

– Allez, crache le morceau, dis-je en tentant de dissimuler mon intérêt naissant. Qu'est-ce que tu as encore découvert ?

Un bref silence se fait entendre à l'autre bout du fil. Lorsqu'il reprend la parole, son ton résonne désormais d'une gravité inédite.

– Je crois que le docteur Miguel nous cache quelque chose…

– Qu'attendez-vous que je dise, inspecteur ? Marquant une pause de quelques secondes pour mesurer l'impact de mes mots. Franchement, je dois bien l'avouer aussi, si j'observe un silence de quelques instants c'est aussi seulement, pour guetter sa réaction. Et lui ? Il reste là, muet, comme s'il attendait que je bondisse de joie parce qu'il avait déniché soi-disant quelque chose de primordial. Mais enfin, qui n'a pas de secret ? Chacun de nous cache bien un ou deux cadavres dans son placard. Qu'imagine-t-il avoir trouvé ? Que le Dr Miguel a falsifié des certificats, émis des ordonnances un peu trop légèrement pour « aider » certains patients, ou alors qu'il s'est adonné à des distractions douteuses sur Internet ? Qui n'a jamais regardé du porno, honnêtement…

– Mais attendez, Monsieur le commissaire, j'ai vraiment trouvé quelque chose d'étrange. En fouillant sur Internet, il apparaît que ce type n'a jamais rien posté sur sa vie privée. Je veux dire, à aucun moment il n'a semblé être en couple. Pas une seule photo sur les réseaux sociaux. Les seules que j'ai trouvées sont celles de lui avec Egon et la victime. C'est quand même bizarre, non ?

– Il n'y a rien d'étrange à ça. Peut-être qu'il est discret concernant sa vie amoureuse, ou peut-être que cela ne l'intéresse tout simplement pas.

– Vous ne m'enlèverez pas de l'idée que ce n'est pas normal.

– Écoutez, Inspecteur Jacquet ! dis-je sur un ton autoritaire. Vous n'allez pas commencer à faire du zèle. Tout le monde n'est pas comme cette génération obsédée par le besoin de poster le moindre détail de leur vie quotidienne. Beaucoup de gens chérissent ce que l'on appelle la vie privée. Vous feriez mieux de vous concentrer sur la victime et le fameux message, car pour l'instant, l'enquête n'avance guère.

– Nous venons à peine de commencer, monsieur le commissaire, et avec les ressources limitées dont nous disposons…

– Bon, arrêtez. Effectuez votre travail, et faites-le bien pour une fois. Et arrêtez de traiter cette enquête comme si vous étiez à la foire. Ce n'est pas un terrain de jeux, je vous rappelle qu'il y a eu un meurtre.

– Je comprends, monsieur le commissaire, mais…

Je ne lui laisse pas le temps de continuer. Je coupe la communication et monte le volume de la radio. Ce type m'a énervé, mais même s'il m'a poussé à bout, on ne peut pas nier qu'il explore vraiment toutes les pistes, peut-être même un peu trop à mon goût. Pour moi, la solution est beaucoup plus simple, mais je n'arrive toujours pas à avoir le déclic. De toute façon, tout le monde ment. Si je devais dresser une liste des faits, ce serait en premier :

- La victime, Lisa : un passé un peu trouble. On n'arrive pas à obtenir des renseignements sur elle et son passé. Comme si elle avait disparu ou jamais existé. J'ai élargi les demandes au-delà des frontières. On verra bien.

- Le mari, Egon : généralement, c'est le suspect numéro un. Mais selon son alibi, il ne pouvait pas être présent lors du meurtre.

- L'ami et médecin : je ne vois vraiment pas quel motif il aurait pour tuer Lisa. Qu'est-ce que cela lui aurait apporté ?

- L'assassin : Qui ? Pourquoi ?

CHAPITRE 4 : INSPECTEUR JACQUET.

Il m'a raccroché au nez. Pour qui se prend-il, ce con ? Il est certain que nous n'allons pas progresser dans cette enquête avec ses méthodes du siècle passé. Je suis convaincu que j'ai trouvé une piste sérieuse avec ce médecin. Certes, je ne sais pas encore exactement quoi, mais une chose est sûre : il y a quelque chose d'obscur à son sujet. Et je ne parle même pas de la victime car nous ne savons rien d'elle, et même son mari semble ignorer beaucoup de choses sur son passé. C'est comme si elle était apparue de nulle part, débarquant un jour dans notre petit village.

Et ce putain de texte retrouvé sur la table près du corps, une vraie énigme, mais rien dans nos recherches qui puissent nous offrir une piste concrète. Aucune trace, pas d'empreinte, une écriture tellement banale qu'on pourrait jurer qu'elle est sortie d'une imprimante laser. On tourne en rond. Mais je ne perds pas espoir. Ce crime, ici, c'est tellement une putain d'aubaine pour moi que, si j'arrive à le résoudre, je peux espérer quitter ce trou paumé et peut-être même aller à Paris. Moi, sur les traces du commissaire Maigret… Bordel, ce serait le rêve.

Je reconnais que mon langage s'est emporté, mais vous ne pouvez pas imaginer ce que c'est que d'être ici, à passer mes journées à observer les vaches et les nuages par la fenêtre, sans rien vivre d'excitant. Cette enquête, c'est bien plus qu'un simple travail pour moi ; c'est comme un second souffle de vie. Après tant de temps à stagner, à me sentir enfermé dans une existence monotone, cette affaire me donne enfin l'opportunité de me sentir quelqu'un, d'être au cœur de l'action. C'est une chance, peut-être ma seule chance, de briser la routine et de prouver ce dont je suis capable.

Mais laissons de côté mes états d'âme et revenons à ce qui, pour moi, pourrait être la clé, ou du moins une des clés, qui me permettrait d'avancer. J'ai assisté à la cérémonie de l'enterrement. Il y avait du monde, c'est certain, mais on ne peut pas dire que les proches de la victime se bousculaient. Ce fut une cérémonie des plus banales, mis à part ce petit intermède félin qui a eu lieu durant l'homélie. Ce matou, dont les miaulements étaient plutôt proches d'un cri de terreur, a détendu légèrement l'atmosphère. Vu l'empressement du mari, j'ai pu constater que c'était le sien, du moins il y ressemblait fort à celui que j'avais vu lors de mon premier contact avec la scène de crime.

Certaines personnes ne purent s'empêcher de glousser, tant cet événement était cocasse. Le chat se trouvait devant cette femme, celle qui avait servi d'alibi au mari. Cela aussi, c'est étrange : le chat, la femme avec qui il était lors du crime. Et le copain, l'ami soi-disant, qui ne cessait de regarder Egon. Son regard avait quelque chose d'étrange. C'était un mélange de tristesse, et l'on aurait dit celui d'un amoureux éconduit.

CHAPITRE 5 : EGON.

Je suis là, debout face au cercueil, et j'entends, dans le lointain, le miaulement, ou plutôt le cri de guerre, d'Artémis qu'il émet depuis la voiture. Vu son arrivée incompréhensible dans l'église durant la cérémonie, et je me voyais mal retourner chez moi pour apporter le chat, je n'ai rien trouvé de mieux que de l'enfermer dans la voiture. La foule vient présenter ses condoléances. Il y a de tout : du petit vieux qui vient parce que cela l'occupe, à la mère de famille friande de ragots, qui agrémente sa journée. Je ne les connais pas, je ne sais pas qui ils sont. Bon sang, mais qui est tout ce monde ? Je serre des mains, j'entends les mêmes phrases, réponds d'un signe de tête machinal, un peu comme un pantin. Je le fais sans vie, sans émotion. Ils me dégoûtent tous. Je ne suis qu'une attraction pour eux.

Quelques photographes sont là. Je vais alimenter encore pendant quelques jours leurs torchons. Il y a même des jeunes qui filment tout en parlant à leurs portables. Les gens sont franchement décevants. Leur goût du pathos et leur soif de la misère des autres me donnent le tournis. Valérie se tient à distance ; elle me regarde fixement, et je vois dans ses yeux qu'elle aimerait pouvoir être près de moi. Mais pour le moment, c'est Miguel qui est là, la main sur mon dos. J'ai l'impression d'être un jeune bébé, ou un chiot, à qui l'on vient faire une petite caresse.

Dans ce tableau que je dépeins, j'aperçois deux personnes âgées, un homme et une femme, qui doivent approcher les quatre-vingts ans. La femme, petite et voûtée, contraste avec l'homme qui, malgré son âge, se tient droit, s'aidant d'une canne pour rester stable. Je remarque qu'ils ont pleuré, les traces des larmes encore visibles sur leur visage. Le visage de la femme m'est familier, du moins les traits de son visage le sont. Elle s'approche doucement, et avec une petite voix tentant de maîtriser son sanglot, elle me dit : « Bonjour, je suis Andrée et voici Yvon Liégeois. Nous sommes les parents de Lisa. »

Je sens que le monde s'effondre autour de moi, recevant cette révélation comme un coup de poing en pleine figure. Mes jambes flanchent et Miguel, blême, tend rapidement son bras pour me soutenir. Je me crois en plein cauchemar. Qu'est-ce qui m'arrive ? Valérie se rapproche également, saisit mon autre bras, et ensemble avec Miguel, ils me guident vers un banc situé à quelques mètres de là où nous nous trouvons. Les deux personnes âgées, les parents de Lisa, viennent nous rejoindre, demandant s'ils peuvent se joindre à nous, car, à leur âge, il leur est difficile de rester longtemps debout, d'autant plus que le voyage a été long.

Nous sommes restés silencieux un long moment. Moi, je tentais de retrouver mes esprits, et eux, ils étaient incertains sur la manière d'engager la conversation. Finalement, c'est le père de Lisa qui brisa le silence. Sa voix, grave et posée, trahissait une autorité naturelle, celle d'un homme habitué à commander et à se faire respecter. Tenant la main de sa femme, leur étreinte révélait la profondeur de l'amour qui les unissait.

« À voir votre réaction, vous n'aviez donc aucune connaissance de notre existence, si je comprends bien ? » observa-t-il. Si la situation n'avait pas été aussi dramatique, j'aurais été tenté de répondre avec un ironique « oui, mon général ! ».

Ma seule réponse fut, « Oui, effectivement. Mais, désolé d'être si direct, pourquoi dites-vous que c'est votre fille ? Car, pour ma part, elle ne m'a jamais parlé de vous. Et, pour être honnête, vous êtes supposé ne plus être de ce monde. »

C'est alors que la prétendue maman prit la parole. « Nous nous doutions que vous auriez quelques réserves. J'ai apporté quelques photos de Lisa lorsqu'elle était jeune. » Elle sortit de son sac à main une liasse de photos jaunies et me les tendit. Je jetai un coup d'œil, les passant rapidement en revue, et je ne pus que constater que la jeune fille sur les photos partageait bien les traits de ma Lisa.

- Si je peux me permettre encore une petite réserve, malgré la ressemblance troublante sur les photos. Vous m'avez dit vous appeler monsieur et madame Liégeois, mais le nom de famille de Lisa était Adant.

- Si vous le voulez, je vais tout vous expliquer, me dit-elle. »Mais avant, nous aimerions trouver un hôtel pour nous rafraîchir et nous reposer un peu. Comme je vous l'ai dit, le voyage a été long pour nous. Nous venons de Belgique.

- Écoutez, il n'est pas question que vous alliez à l'hôtel. Venez chez moi, enfin, chez nous. Nous pourrons éclaircir cette affaire. Je m'excuse d'avoir quelques réserves, mais vous comprendrez que cela représente beaucoup pour moi.

- Et pour nous, vous croyez quoi ? Cela fait vingt-cinq ans que nous pensions notre fille morte. C'est en voyant le fait divers à la télévision que nous avons découvert où elle se trouvait. Vous pensez que cela a été facile pour nous ? Vous croyez que vous êtes le seul à souffrir ? » Cette phrase fut prononcée avec un ton si militaire, si tranchant et direct par le père de Lisa que je restai bouche bée, sans savoir quoi dire. Se levant à l'aide de sa canne d'un bond, il resta quelques secondes immobiles, puis se tourna vers moi et dit d'un ton sec : « Nous acceptons votre invitation. »

CHAPITRE 6 : ANDREE LIEGEOIS.

Il est plutôt séduisant, mon beau-fils. Je comprends pourquoi Lisa a succombé à son charme. Oh, je m'égare, excusez-moi. Que vous importent les divagations d'une vieille femme sur le fait de trouver un homme attirant ou non ? Vous devez probablement penser que les personnes âgées ne font plus l'amour, eh bien, vous vous trompez. Nous n'avons peut-être plus la souplesse de nos vingt ans ni la vigueur de notre jeunesse, mais le désir et les besoins sont toujours présents.

Mais revenons à ce qui nous intéresse : ma fille et son mari. Lorsque nous sommes arrivés chez eux, une atmosphère étrange régnait. La maison, en elle-même, celle-ci était charmante, mais la décoration, autrefois sans doute très tendance, semblait aujourd'hui désuète, voire complètement démodée.

Il nous a offert sa chambre pour que nous puissions nous reposer un peu, et nous avons saisi l'opportunité pour prendre une douche. Depuis le cimetière, mon mari n'a pas prononcé un mot. Moi non plus, je ne lui parle pas. C'est dans sa nature. Quand quelque chose le préoccupe, il se réfugie dans sa bulle, comme s'il avait besoin d'une période d'hibernation pour pouvoir repartir de l'avant. Il est mon premier et dernier amour. La première fois que nos regards se sont croisés, j'avais sept ans, et depuis, nous ne nous sommes jamais quittés. Bien sûr, il y a eu des hauts et des bas. Mais au fond de moi, je sais qu'il est l'homme qui m'était destiné.

Après avoir pris nos ablutions, nous avons rejoint Egon dans la pièce principale. Il avait soigneusement dressé la table ; une salade fraîche accompagnée de charcuterie et de pain nous attendait. Il s'est empressé de s'excuser pour la simplicité du repas, expliquant qu'il n'avait pas anticipé recevoir quelqu'un après l'enterrement. Il confia qu'il n'avait prévu aucune réception après les obsèques de sa femme, laissant entendre le vide et le désarroi qui l'habitaient.

Durant le repas avec Egon, j'ai souvent trouvé refuge dans mes souvenirs, ceux de ma fille Lisa. Lisa, avec ses boucles brunes et son sourire timide, avait toujours été une enfant lumineuse, mais derrière cette lumière se cachait une ombre que nous avons mis du temps à comprendre.

Dès le début de son adolescence vers ces douze ans, Lisa semblait mener un combat contre des forces invisibles. Elle était souvent prise entre deux extrêmes, comme si elle abritait deux âmes en guerre l'une contre l'autre. Au début, nous pensions que ces sautes d'humeur faisaient simplement partie de son développement, mais bientôt, il est devenu évident que ce qu'elle vivait, allait au-delà de simples troubles de l'humeur.

À seize ans, après un épisode particulièrement alarmant où elle avait complètement perdu contact avec la réalité, nous avons dû nous rendre à l'évidence : Lisa souffrait d'un trouble de la personnalité multiple. Les médecins parlèrent de dissociation, de ces parties d'elle qui prenaient le contrôle pour échapper à des douleurs que nous ne pouvions ni voir ni comprendre entièrement. C'était déchirant de voir combien elle était perdue en elle-même, luttant pour garder un semblant de cohérence dans son existence fragmentée.

L'internement en hôpital psychiatrique est venu comme un dernier recours après de nombreux traitements ambulatoires. Ces séjours, bien que remplis de promesses de guérison, étaient pour elle des périodes de grande solitude et de combat intérieur. Elle y rencontrait des moments de clarté ou la Lisa que nous connaissions émergeait, pleine d'espoir et de projets pour l'avenir. Mais ces moments étaient fugaces, rapidement engloutis par son autre »moi » qui la tiraillait loin de nous.

Quand Lisa a eu vingt ans, elle a disparu. Un matin, son lit était vide, ses affaires envolées, sans un mot, sans un adieu. Elle s'était enfuie, laissant derrière elle un silence assourdissant et une myriade de questions sans réponse. Où avait-elle trouvé la force de partir ? Comment avait-elle échappé à la vigilance de l'hôpital ? Les réponses à ces questions restaient enveloppées dans le mystère.

Les années sont passées depuis sa disparition, chaque jour apportant son lot d'incertitudes. En tant que mère, je me suis accrochée à l'espoir, aussi mince soit-il, qu'un jour, Lisa reviendrait à nous, prête à réintégrer le monde qu'elle avait fui. Mais au fond, je savais que la fille que j'avais élevée avait peut-être trouvé un nouveau chemin, loin des tourments qui l'avaient si longtemps retenue captive.

Je pris une longue gorgée de vin blanc, savourant sa fraîcheur et son fruité, qui me procurèrent un soulagement bienvenu. Je pouvais clairement voir qu'Egon était perturbé par la révélation qu'il venait de recevoir. Je ne pouvais pas le blâmer ; après tout, comment aurais-je réagi si quelqu'un m'avait dit que mon Yvon n'était pas réellement mon Yvon ?

CHAPITRE 7 : ARTEMIS/LISA.

Le cœur serré dans ce petit corps poilu qui n'était pas le mien, j'ai ressenti une cascade d'émotions, une vague qui m'a submergée. Me retrouver dans la voiture, enfermée par Egon, était une épreuve inattendue. Les pattes posées sur la fenêtre, je hurlais de toutes mes forces mon désaccord face à cet enfermement. Si l'on ne peut même plus assister à son propre enterrement en toute tranquillité, où va-t-on ?

Ce qui me coupa le souffle, c'était la vision de mes parents. Mon Dieu, même s'ils avaient considérablement vieilli, il n'y avait aucun doute : c'étaient bien eux que je voyais. Comment avaient-ils réussi à me reconnaître, à me retrouver ? Je retombai sur mes pattes, puis plus rien. Le noir complet, enfin, je suppose. Je viens de me réveiller dans le fauteuil du salon. Combien d'heures ai-je perdu ? Où ai-je bien pu disparaître ? Comment gérer ces apparitions et disparitions ?

Il est impératif que je trouve quelqu'un capable de m'aider, mais qui ? Je saute du fauteuil et, avec une nervosité palpable, je bondis sur une peluche, lui arrachant l'oreille de mes dents et labourant son ventre de mes griffes. »Putain, que ça fait du bien ! Ce truc, c'est de la balle. Je comprends maintenant pourquoi ce chat le fait. C'était un défoulement intense, et je ne sais pas par quel miracle, mais mon cerveau a soudainement flashé sur une image : la femme à l'église, celle qui m'a appelée Lisa avant que je ne sois capturé par les grosses mains poilues d'Egon.

Qui est cette femme, et comment puis-je la retrouver ? Je ne sais rien. Enfin, je dis cela, mais si je dois être totalement honnête, je dois admettre que lorsqu'elle m'a appelée Lisa dans l'église, son regard, d'une intensité saisissante, m'a évoqué quelqu'un… mais qui ? Franchement, je n'en ai aucune idée. J'ai ce sentiment tenace que je l'ai déjà rencontrée, ou que nous avons vécu quelque chose de significatif ensemble. Bon sang, je n'ai aucun souvenir concret de ma vie passée. Juste des éclats, des flashs, mais pas un seul morceau de ma vie qui puisse m'aider à progresser.

Par rapport à Egon, je sais que je l'ai aimé, mais pourquoi avions-nous fini par nous éloigner ? Pourquoi je ne ressens que de la tristesse à son égard, et non de l'amour ? C'est frustrant, je veux comprendre ce qui m'arrive. Je veux des explications. Il est temps que cette confusion cesse. Je veux aussi savoir pourquoi je suis morte et ce que signifie ce message.

Tout commence à tourner autour de moi. Un voile noir s'abat devant mes yeux. “Bon sang, mais qu'est-ce qui m'arrive encore ?” Des pas hésitants, je tente de me diriger vers les voix familières que j'ai cru reconnaître. Plus je m'en approche d'eux, plus un trouble profond m'envahit. “Papa, maman ?” Je murmure, à peine audible. Ils se tournent vers moi, et j'aperçois un léger sourire sur le visage de mon père, juste avant que tout s'arrête. Comme une pause sur l'image. Puis, le noir complet, avec seulement le bruit du vent dans mes oreilles.

Lorsque je reprends conscience, je me retrouve face à une porte, dans un couloir étroit. Des portes jalonnent ce long passage. Je dois être dans un hôtel, ou quelque chose de semblable. Je n'ai aucune idée de ce qui s'est passé ni de l'endroit où je me trouve.

CHAPITRE 8 : VALERIE

"Ô déesse Hécate, ô mon Dieu Cernunnos, je vous invoque, gardiens des portails qui nous lient à l'autre monde. Je sollicite humblement votre aide pour établir un contact avec Lisa, afin de la libérer et de l'accompagner dans son ultime voyage sur terre. Je vous remercie d'avance." Ainsi, je concluais le rituel en dissipant le cercle sacré.

Cette invocation s'est avérée difficile, étrangement éprouvante. Je me demande si cela tient au lieu choisi ou si c'est la présence persistante d'Egon dans mes pensées qui en est la cause.

Je commence à ranger mes instruments de rituels, chacun est enveloppé dans le silence dense qui m'entoure, presque tangible. Autour de moi, une vibration commence à s'amplifier lentement, une présence insaisissable qui fait trembler mon essence même. Je prends une profonde inspiration, tentant de calmer le tumulte intérieur, quand des murmures viennent caresser mes oreilles. Ils ressemblent à un chant éthéré, une suite de paroles psalmodiques et indéchiffrables, tissant une mélodie qui semble à la fois lointaine et intérieurement proche.

Je me concentre sur les détails des instruments que je range : la surface froide et lisse de la coupe rituelle, les inscriptions anciennes gravées sur le manche de mon athamé, cherchant à ancrer mon esprit dans le concret face à l'impalpable chant qui s'intensifie.

Puis, plus rien : le silence. Pendant quelques secondes, je savoure ce calme. J'ai déjà connu ce phénomène auparavant ; cela arrive lorsque la connexion entre les deux mondes est en parfaite communion. Je termine le rangement et m'approche de la salle de bain pour me servir un grand verre d'eau que je bois d'une traite, avant de retourner dans la chambre.

Derrière la porte, un léger bruit de pattes se fait entendre, puis une voix. D'abord inaudible, elle ressemble plus à un miaulement qu'à autre chose, avant de devenir plus claire, laissant comprendre mots et phrases. Surprise, je m'écrie : "Mon Dieu, ce n'est pas possible !"

J'ouvre la porte qui donne sur le couloir et tombe nez à nez avec le chat de l'église. L'ayant ouverte avec tant de force, je le fais sursauter. Il me fixe et me dit d'un ton bougon : "Hé, ça ne va pas de faire peur comme ça !" Oui, c'est bien elle. "Lisa, entre vite."

Ses yeux, autant que je puisse percevoir, expriment la surprise. Elle hésite une seconde, puis bondit à l'intérieur de ma chambre. Je referme vite la porte et, en me retournant, je la vois grimper sur le lit pour se blottir dans l'édredon. Visiblement surprise de ses propres actions, elle pousse un petit rire nerveux tout en disant : “Ce chat prend parfois le dessus et des initiatives que je ne peux contrôler.”

Je m'assois en face d'elle, moi sur une chaise, elle sur le lit, se frottant l'oreille avec sa patte arrière. Dans le silence qui s'étire, c'est elle qui, finalement, le rompt, dissipant le malaise palpable.

- Comme je vous l'ai dit, il prend parfois le dessus, et j'ai toutes les… » Je ne la laisse pas finir sa phrase.

- Mais comment est-ce possible ?

Elle me regarde avec sérieux, une lueur d'espoir et de désespoir dans les yeux. « Donc, vous me comprenez vraiment. Ce n'est pas un rêve… Enfin, c'est plutôt un cauchemar. »

- Je me doute. Oui, je vous comprends, et je sais quelle âme habite ce chat.

- Avez-vous la moindre explication à ce désordre ?

- Non, pas du tout. Je sais juste que je peux vous parler. Le comment ou le pourquoi, c'est une totale énigme pour moi aussi.

- Mais, pourquoi vous ? Et qui êtes-vous ?

- Je m'appelle Valérie. Je suis prêtresse païenne.

Lisa fronce les sourcils de sa tête de chat. « C'est quoi, cette histoire ? »

Je lui souris doucement, sans offense. « C'est une croyance comme une autre. Nous avons plusieurs dieux, notre église est la nature, et surtout, nous n'avons aucun dogme. Ce n'est donc pas une secte. C'est simplement notre manière de croire, c'est la croyance originelle, avant que les religions monothéistes ne prennent le dessus. »

- Ne vous vexez pas. Mais vous devez bien comprendre que tout cela semble un peu fou.

- Je me doute. D'habitude, je rentre en contact avec les esprits d'une façon différente.

Je l'observe attentivement, cherchant à comprendre ce qu'elle tente de me dire. « Parle-moi de tes derniers souvenirs avant… avant de te retrouver ici, en tant que chat. »

Lisa semble plonger dans une réflexion profonde, ses yeux se ferment un instant. Quand elle les rouvre, il y a une lueur douloureuse en eux. « Je me souviens de la sensation… d'étouffement. C'était comme si c'étaient mes propres mains. Sa voix est à peine un murmure, mais chaque mot résonne lourdement dans la pièce.

- Tes mains ? » Je répète, mon esprit tentant de saisir l'implication de ses paroles.

Elle hoche la tête, une expression troublée traversant son visage félin. « Oui, c'était comme si je luttais contre moi-même. Je n'arrive pas à comprendre… c'était ma propre force qui m'étranglait. »

Je reste silencieuse un moment, réfléchissant à ce qu'elle vient de révéler. « Cela signifie peut-être que c'est une lutte interne, peut-être symbolique, de ce que tu traversais à ce moment-là. »

Ses yeux s'agrandissent. Un éclair de compréhension, puis de tristesse la traverse. Ça semble tellement bizarre, mais…

ça a du sens. J'étais vraiment mal, psychologiquement. Peut-être que c'était la façon dont mon esprit a choisi de... de se rendre.

J'acquiesce, la compassion emplissant mon cœur. « Cela pourrait être le cas. Mais maintenant, nous devons trouver un moyen de t'apaiser et de t'aider à accepter ce qui s'est passé, en plus de découvrir la vérité, afin que tu puisses retrouver la paix.

- Et comment fait-on ça ? Sa voix est teintée d'espoir, bien que fragile.

Je me lève, sentant une résolution ferme s'emparer de moi. "Nous allons préparer un rituel, plus intense cette fois. Un rituel qui t'aidera à affronter et à accepter tes derniers instants. Cela pourrait te permettre de trouver la paix."

Elle me regarde, ses yeux brillants d'une lueur nouvelle. "Je suis prête à essayer. Je n'ai plus rien à perdre, de toute façon."

Je hoche la tête, déterminée. "mais avant tout cela, j'ai quelqu'un à aller trouver"

Il y avait une vérité incontestable : je devais rencontrer Egon. La question était de savoir comment aborder ce sujet délicat. Depuis notre dernière rencontre, qui avait eu lieu quelques heures seulement avant le drame, nous ne nous étions plus revus. Dans mon esprit, je passais en revue plusieurs scénarios, mais aucun ne me semblait approprié. L'idée de débarquer et de lui lancer, comme si de rien n'était, "Salut Egon ! tu sais, ta femme décédée… eh bien, je suis la seule à savoir qu'elle s'est réincarnée en chat. Actuellement, ce chat se trouve dans ma chambre, il dort. Parce qu'après m'avoir parlé pendant plus d'une heure, il m'a fixée de ses petits yeux et m'a déclaré : 'Je suis Fatig… miaou'. Son esprit a bien quitté le corps du chat, mais ne t'en fais pas, c'est temporaire. Cela me paraissait totalement irréaliste. Imaginez un instant qu'une personne vous aborde avec une histoire aussi rocambolesque. Que feriez-vous à sa place ?

CHAPITRE 9 : EGON

Les parents de Lisa sont repartis plus tôt que prévu. Après avoir dîné chez moi, ils ont exprimé le souhait de rentrer, prétextant qu'ils ne voulaient pas me déranger. Plus encore, ils se sentaient mal à l'aise dans la maison où leur fille avait trouvé la mort. Je comprenais leur malaise, mais j'insistai pour qu'ils restent un peu plus longtemps, espérant en apprendre davantage sur Lisa.

Dans les yeux de sa mère, j'ai cru percevoir une étincelle d'inquiétude, tandis que son père se raidissait, gardant un silence obstiné. Était-ce cette conversation qui les avait poussés à s'éclipser précipitamment ? Je l'ignore. Mais, pour être tout à fait honnête, au-delà du choc initial et de l'incompréhension qui s'ensuivit, je dois avouer que Lisa ne me manque pas autant que je l'aurais imaginé. Vivre avec elle était devenu un tel enfer que, honteusement, je dois admettre me sentir quelque peu libéré depuis son départ.

Cependant, malgré ce sentiment de soulagement, une part de moi reste en quête de réponses. Je suis déterminé à comprendre ce qui s'est réellement passé et à découvrir qui est responsable de cette tragédie. La vérité reste enfouie, et je ne peux m'empêcher de sentir que les réactions de ses parents ce soir-là cachent peut-être une partie de l'énigme que je cherche à résoudre.

Cela fait maintenant plus de trois heures que je suis seul. Miguel m'a appelé, se proposant de passer pour rompre cette solitude dans laquelle je me trouve, seul avec moi-même. C'était aimable de sa part, mais j'ai besoin de ce moment pour moi. Il est temps de mettre de l'ordre dans mes pensées. L'enquête policière piétine. Certains diront, comment pourrait-il en être autrement avec ces deux incompétents ? L'autopsie n'a rien révélé que nous ne sachions déjà. Elle a été étranglée, sans laisser de trace ni d'ADN. Nous sommes loin des rebondissements d'un feuilleton du dimanche soir.

Quant à ce message, je l'ai retourné dans tous les sens, mais il ne m'éclaire pas. Et puis, Lisa m'avait menti au sujet de la prétendue mort de ses parents, elle avait été internée, je peux comprendre qu'elle n'ait pas voulu s'en vanter. Mais prétendre que ses parents avaient disparu ? Qu'a-t-elle fait durant toutes ses années avant notre rencontre ? Qui était-elle, réellement ? M'a-t-elle vraiment aimé, ou n'étais-je qu'une protection à ses yeux ?

Peu importe combien de fois je repasse les événements dans ma tête, rien ne change ; le brouillard persiste. Je me dirige vers ce qui était la chambre de Lisa, notre ancienne chambre. Malgré le froid mordant de l'extérieur, j'ouvre la fenêtre pour aérer la pièce. Je désire un changement, n'importe lequel. Je prends une profonde inspiration, les yeux fermés, espérant dissiper le voile de confusion.

Lorsque je les rouvre, deux yeux en amande se posent sur moi. 'Artémis, mon grand, qu'as-tu fait dehors ?' je chuchote, effleurant tendrement son pelage. 'Mais tu es trempé, qu'as-tu donc fait ?' Dans mes bras, je sens sa respiration s'accélérer, un ronronnement naissant berçant doucement nos retrouvailles.

Avec une précaution presque solennelle, je dépose Artémis sur le sol, son pelage humide effleurant à peine mes mains avant qu'il ne s'ébroue légèrement. Puis, une décision s'impose à moi, comme mue par une nécessité intérieure : il est temps de faire le vide dans cette chambre, de la dépouiller de ses ombres. Je m'approche du lit, mes mouvements lents, presque révérencieux. Un à un, je retire les draps, dénudant le matelas de ses souvenirs, de ses nuits partagées avec la solitude.

Puis, sous l'impulsion d'une force inexplicable, mes mains se portent sous le matelas. Pourquoi ? La question effleure à peine ma conscience. C'est une pulsion profonde, irrépressible, comme si quelque chose ou quelqu'un guidait mes gestes. Et là, sous le lit, bien dissimulé dans l'obscurité, une boîte. Mon cœur s'accélère, les battements résonnant dans le silence de la pièce. J'hesite, j'ai peur de ce qu'elle pourrait contenir, je la tire de sa cachette, mes doigts frôlant le bois usé.

Le couvercle s'ôte avec un grincement qui semble briser le silence éternel de la chambre. À l'intérieur, une découverte qui me surprend, mais seulement à moitié, comme si une partie de moi s'attendait à ce qui allait se révéler. Trois cahiers, leurs bords usés par le temps, sont coincés entre des photographies jaunies par les années. Mon souffle se suspend, les images et les mots promettant de dévoiler les secrets enfouis de Lisa, ceux qu'elle avait choisi de cacher sous notre lit, sous notre vie jadis partagée.

Je me dirige vers la cuisine, le lieu même où tout a commencé. Pourquoi ? Je l'ignore. Peut-être pour exorciser le malaise qui m'habite. Je tiens fermement ma trouvaille, me forçant à ne pas y regarder avant de m'être installé et d'avoir servi un bon verre de vin. Après tout, je crois l'avoir bien mérité.

Ayant déniché cette bouteille magique, je me sers un grand verre et m'installe à la table de la cuisine. Je bois une grande gorgée et prends une profonde respiration. À peine ai-je fini d'expirer qu'un son à la porte me surprend. À contrecœur, je me lève pour aller ouvrir à l'importun qui ose me déranger.

CHAPITRE 10 : VALERIE

'Je ne te dérange pas ?' C'est la seule phrase qui a réussi à franchir mes lèvres quand j'ai vu la porte s'ouvrir brusquement, révélant son expression revêche. Son visage se transforme instantanément à ma vue. Il balbutie quelques mots avant de s'écarter précipitamment, me faisant signe d'entrer. Je le suis, anxieuse de ce que je vais révéler. Une peur viscérale m'étreint, glaçant mon sang.

Il me guide jusqu'à la cuisine et désigne du doigt sa découverte. Éparpillés sur la table, une dizaine de vieilles photos et trois carnets d'école, leurs couvertures usées trahissant plus de vingt ans d'existence, s'offrent à notre regard.

'Voilà ce que j'ai trouvé caché sous le lit,' me dit-il, l'air vexé. Effleurant du bout des doigts les photos, je ressens une sensation étrange, comme si elles me brûlaient à leur simple contact. J'hésite à les manipuler davantage. Il devient clair que ces photos sont destinées avant tout à Egon, et je sais qu'elles garderont jalousement leurs secrets tant qu'il ne m'aura pas donné son accord.

L'idée même de l'effet que le cahier aurait pu avoir sur moi si j'avais osé le toucher en premier m'effraie. Heureusement, je me dis que j'ai encore mon ange gardien pour me protéger.

— Mais excuse-moi, je t'embête avec mes histoires. Attends, je vais te servir un verre de vin. Ensuite, tu me diras ce qui t'amène." Me dit-il tendrement. Je ne prononce pas un mot. Je saisis le verre et avale une généreuse gorgée de ce pinot. Son regard est fixé sur moi, empli d'expectative, attendant que je rompe le silence. Un tremblement intérieur m'envahit. Il est essentiel que je me confie. C'est important.

— Bon, pour commencer, il faut que je t'avoue quelque chose, » lui dis-je doucement. Son regard devient inquiet. Je vide mon verre d'une traite et commence à lui parler de ce que certains appellent un don de médium. Il me fixe, sans dire un mot. Je lui explique que tout a commencé à la mort de mes parents. Assis, il ne me quitte pas des yeux.

Je continue, lui révélant comment, poussée par les circonstances, je suis devenue prêtresse. À cause de cela, je ne peux ignorer les phénomènes étranges. Ma mission, je lui dis, est d'aider les défunts à passer de l'autre côté, car certains restent bloqués sur terre.

J'ai tout déballé d'une traite. Reprenant mon souffle, je regarde mon verre vide, pensant que c'est précisément le moment où j'aurais besoin d'un autre. Comprenant mon désir silencieux, il saisit la bouteille et me sert un verre, le remplissant aux trois quarts.

Il me sourit, un sourire sans trace de moquerie. Peut-être me prend-il pour une folle, ou peut-être pas... Il fait tourner son verre entre ses doigts, contemple le liquide puis, d'une voix calme, me dit : « Tu oublies que je te connais. Enfin, je t'ai connue peu après la mort de tes parents, et nous avons partagé cinq ans de notre vie. »

– Oui, et alors ?

– Tu penses vraiment que je n'ai pas remarqué qu'il y avait quelque chose de spécial en toi ? Son ton est calme, serein. Tu crois que je n'ai pas vu les livres que tu lisais ou les recherches que tu menais à la bibliothèque ? Je n'étais peut-être pas certain à cent pour cent, mais je sentais qu'il y avait quelque chose.

– Donc, tu ne me prends pas pour une folle ?

– Il y a des faits que j'ai du mal à assimiler, mais franchement, non, je crois en toi.

Je suis bouleversée, perdue dans mes pensées. Jamais je n'aurais imaginé que lui révéler la vérité serait si simple.

Egon, après un moment d'hésitation, propose doucement, »Et si nous lisions ces cahiers ensemble ? Peut-être que, d'une manière ou d'une autre, ils renferment des clés sur… sur ce qui nous arrive. » et que tu arriveras grâce à ce que tu sais faire que …. Il se tait. Sa voix trahit une vulnérabilité qu'il ne laisse pas souvent paraître.

Artémis, ou du moins l'entité autrefois connue sous le nom de Lisa à travers les yeux d'Artémis fixe Egon avec intensité. Un silence pesant s'installe, perceptible, avant qu'une intense réaction émotionnelle ne se manifeste chez le chat. Soudain, une voix, celle de Lisa, émerge, mêlée à celle d'Artémis, créant une cacophonie surnaturelle. »Pourquoi devrais-je partager mes secrets les plus intimes avec toi ? » crache la voix, avec une colère qui semble provenir de deux êtres fusionnés en un.

Je sursaute, ne l'ayant pas entendu approcher. Le chat me fixe de ses yeux noirs, un regard si perçant qu'il semble me transpercer. Egon, quant à lui, bondit de sa chaise, renversant son verre dans un mouvement brusque. Avec une agilité surprenante, il sauve de justesse les photos et les cahiers de l'assaut du liquide. Son regard se pose sur Artémis, empreint d'une confusion mêlée de crainte. Il balbutie : « C'est elle ? » Il n'a pas besoin d'en dire plus pour que je saisisse pleinement le sens de sa question.

Je me tourne vers le chat et lui murmure doucement : « Nous voulons juste t'aider. J'ai parlé avec Egon de ce qui t'arrive. »

Elle me lance un regard noir et crie : « Tu ne peux pas comprendre. »

– Comprendre quoi ? Lui demande-je !

Egon nous observe attentivement et formule une interrogation, mais son attention semble concentrée sur mon corps, trouvant difficilement la capacité de croire que Lisa se trouve à l'intérieur. « Lisa, pourquoi m'as-tu menti toutes ces années ? »

Elle détourne la tête, reste silencieuse, crache puis se met à courir vers l'extérieur de la maison.

– Que s'est-il passé ? me demande Egon, perplexe.

– Je pense que sa possession du corps d'Artémis est épisodique. Elle ignore à quel moment, dans quelle circonstance et par quel moyen elle s'est transformée en chat.

Egon se tourne vers moi, l'air encore troublé par la fuite précipitée de Lisa. « Valérie, comment est-ce possible ? La réincarnation, c'est... c'est de la science-fiction, non ? »

Je soupire, cherchant mes mots avec soin. « Egon, je sais que c'est difficile à croire. Mais avec Lisa, nous sommes bien au-delà de ce que la science peut expliquer. Il y a des choses dans ce monde qui dépassent notre compréhension. »

Il passe une main dans ses cheveux, il est clairement dépassé. « Mais pourquoi Lisa ? Pourquoi dans le corps d'Artémis ? Et comment ? Comment pouvons-nous l'aider ? »

« Je ne suis pas sûre, » j'avoue. « Mais je pense que Lisa essaie de communiquer avec nous à sa manière. Peut-être que la réponse se trouve dans ces moments où elle prend possession d'Artémis. »

Egon acquiesce lentement, son regard se perdant un instant dans le vide, comme s'il tentait de relier les pièces d'un puzzle complexe. Puis, déterminé, il se lève. D'accord. Si nous voulons aider Lisa, nous devons commencer quelque part. Ces cahiers...

Je hoche la tête. « Oui, elle les a laissés derrière elle. Peut-être qu'en les lisant, nous trouverons des indices sur ce qui lui est arrivé. »

Il ouvre le premier cahier, mais ses yeux ne parcourent pas les pages. Au lieu de cela, il fixe l'espace devant lui, perdu dans ses pensées, se préparant mentalement à plonger dans l'univers de Lisa.

Je m'assois à côté de lui, partageant son anticipation silencieuse. Nous savons tous les deux que nous sommes sur le point d'entrer dans un territoire inconnu, peut-être même dangereux. Mais pour Lisa, nous sommes prêts à prendre ce risque.

CHAPITRE 11 : COMMISSAIRES VALENCE

La forêt avait revêtu son manteau le plus sombre, celui où les ombres s'entremêlent avec les cris étouffés de la nuit. Je m'étais habitué à l'appel impromptu du devoir, mais celui-là avait un écho différent, plus sinistre. L'adrénaline se mélangeait à une appréhension palpable tandis que je suivais le chemin de terre battue, éclairé seulement par la faible lueur de ma lampe torche et les phares lointains des voitures de police déjà sur place.

Les arbres se penchaient comme pour chuchoter leurs secrets les plus noirs, secrets que j'allais bientôt découvrir. Le sous-bois semblait engloutir tout bruit, toute vie, hormis le crissement de mes pas sur les feuilles mortes. Lorsque j'arrivais enfin sur la scène, le spectacle qui s'offrait à moi glaça mon sang.

Deux corps, un homme et une femme, étaient étendus là, sans vie, leurs visages contorsionnés dans une expression de peur intense. Leurs yeux grands ouverts semblaient fixer un point au-delà de notre réalité, comme s'ils avaient été témoins de l'apparition la plus horrifique juste avant de rendre leur dernier souffle. Leurs peaux avaient pris une teinte pâle, presque translucide, et leurs mains étaient crispées, comme si elles avaient tenté de repousser une force invisible.

Il n'y avait aucune trace de lutte sur le sol humide, pas la moindre empreinte qui pourrait suggérer la présence d'un agresseur. La manière dont ils avaient été étranglés, avec une telle force et sans laisser des marques, ajoutait une couche supplémentaire de mystère à cette macabre découverte. L'autopsie révélerait peut-être plus, mais mon instinct me disait que nous étions face à une affaire qui dépassait l'entendement.

Je m'approchais pour mieux inspecter les lieux, mon regard balayant chaque centimètre carré à la recherche d'un indice, d'un signe, quelque chose qui pourrait me mettre sur la voie. Mais la nature semblait avoir englouti toute preuve, ne laissant derrière elle que le silence et la mort.

L'inspecteur Jacquet, surgissant de nulle part, s'approcha de moi, visiblement bouleversé par ce qu'il tenait en main.

– Monsieur le commissaire, vous n'allez pas en croire vos oreilles : les deux victimes sont les parents de la dame qui a été étranglée, monsieur et madame Liégeois. Je les ai vus à l'enterrement ce matin et j'ai surpris leur conversation avec le mari de la défunte.

QUATRIEME PARTIE

CHAPITRE 1 : EXTRAIT DES CAHIERS DE LISA

Dimanche 27 juin 1993

Dans un peu plus de deux mois, j'aurai enfin vingt ans. Voilà plus de quatre ans maintenant que je suis enfermée dans cet asile, trahie par mes propres parents. Ceux-là mêmes qui m'ont fait enfermer, je les hais du plus profond de mon être. Ils m'ont fait enfermer sous prétexte qu'ils pensent que je suis folle. Mais je sais que ce que je vois et ce que j'entends est réel. Je ne suis pas folle, je suis simplement en phase avec une énergie différente, étrangère à ces êtres humains. Ces êtres qui ne semblent même pas capables de penser par eux-mêmes. Si seulement ils savaient que leur monde n'est qu'un décor, et qu'ils ne sont que les acteurs inconscients d'une gigantesque pièce de théâtre.

Il m'arrive d'avoir peur, c'est vrai. Les visions qui me hantent sont terrifiantes, mais je sais aussi combien je suis privilégiée d'avoir accès à ce plan cosmique de communication. C'est une chance inouïe, même si, hélas, je ne peux partager ce secret avec personne. Enfin, presque personne. Il y a tout de même une âme à qui je me confie : mon seul ami, mon unique amour. C'est le stagiaire qui travaille ici depuis trois mois. Il est d'une beauté saisissante, avec une voix douce et mélodieuse qui apaise mon esprit tourmenté. Ses mains ont le pouvoir de m'emporter et de me transpercer l'âme. C'est avec lui que j'ai partagé ma première fois, une expérience d'une douceur infinie. Rien que d'y penser, un frisson me parcourt. Alors que j'écris ces lignes, je peux presque ressentir à nouveau l'odeur de sa peau contre la mienne.

Arnaud, c'est son nom, a su dès nos premiers échanges qu'il partageait ma condition. J'ai senti qu'il était non seulement comme moi, mais qu'il m'appartenait également. Lorsque je lui ai révélé ce que je voyais, les ombres, les gens qui me parlent — ou plutôt, leurs esprits —, il m'a écoutée sans jugement. Cette révélation a été épuisante pour moi, car je ne savais pas comment interpréter ces signes. Arnaud, de son côté, m'a conseillé d'arrêter de prendre mes médicaments. Selon lui, ils entravent ma communication avec l'autre sphère, obscurcissant ainsi ma vision et ma mission. Il insiste sur le fait que je ne dois pas abandonner, car si je faillis à ma tâche, ce sont eux, les entités de l'autre sphère, qui viendront à ma rencontre.

Jeudi 1er juillet 1993

Je viens tout juste de me réveiller, le corps empreint de douleur. La journée d'hier, passée aux côtés du docteur Mengele, pèse lourd sur mes épaules. Je l'ai surnommé ainsi, non sans une pointe d'amertume ironique, tant sa cruauté semble être une délectation pour lui. Hier ne fut qu'un énième épisode de cette saga macabre : une série d'électrochocs suivie d'un plongeon dans des bains d'eau glacial, le tout dans le but de, selon ses mots, « purger mon esprit de toute pensée parasitaire ».

Le soir, c'est généralement Arnaud qui vient à mon chevet. Avec une douceur infinie, il effleure mon visage de ses doigts, apportant réconfort et sérénité. Il me raconte des histoires, des fragments d'un monde moins sombre, et c'est ainsi, enveloppé par sa voix, que je parviens enfin à trouver un semblant de paix.

Mais aujourd'hui, il n'est pas là. À l'infirmière qui m'a réveillée, j'ai demandé pourquoi Arnaud était absent. Elle m'a souri, puis a simplement répondu : « dors pauvre sorcière ». Je ne suis pas dupe. Je vois bien qu'elle se moque de moi. Son sourire, lourd de sous-entendus, semble dire : « Ton amoureux est parti profiter du soleil pendant que tu restes ici, à jouer la pauvre petite idiote. » Si seulement mes poignets n'étaient pas entravés, si seulement il me restait un peu de force, je lui sauterais à la gorge pour lui donner une bonne raison de ne plus jamais se moquer de moi, cette »salope ».

Dimanche 18 juillet 1993

La peur m'étreint ; ses murmures glissent dans les couloirs, omniprésents. Il prononce mon prénom, une litanie fantomatique qui me glace le sang. J'appelle à l'aide, désespéré, mais le silence est ma seule réponse. Pas même Arnaud pour me secourir — il doit être parti en vacances. Comment a-t-il pu ne rien me dire ? Je comprends qu'il cherche à me protéger, mais cela me frustre profondément. Je suis vivante, après tout. J'ai un cœur, une âme. Merde quoi !

« Sombre lumière, pourquoi obscur est mon malheur ? Petite fille que je suis, la peur me lie, me paralyse. Sombre lumière, pourquoi ne meurs-tu pas, petite salope ? » Il a répété cette phrase sans cesse. Je ne sais pas qui il est, je ne comprends pas ce qu'il veut. Mais je ne peux plus supporter cela. Il faut que je m'échappe de cet enfer.

Lundi 19 juillet 1993

Il est revenu, Arnaud est là. Il est arrivé tard dans la soirée, alors que la nuit commençait à envelopper le monde de son voile obscur. Le docteur Mengele m'avait soumise à d'autres expériences, et j'étais encore attachée lorsqu'il est entré dans ma chambre. Son parfum l'a immédiatement trahie ; mon cœur a alors commencé à battre de plus en plus fort. Approchant, il a posé ses doigts sur mes lèvres, puis les a lentement fait glisser le long de mon cou. Avec une tendresse infinie, il a déboutonné ma chemise de nuit. Son souffle chaud et ses lèvres humides ont exploré mes seins, tandis que sa main s'aventurait entre mes cuisses. Malgré mes liens, il m'a prise tendrement. C'est ce jour-là qu'il m'a dit pour la première fois : « Je t'aime ».

CHAPITRE 2 : EGON

Mes mains tremblent alors que je parcours les pages de son cahier. Je suis tiraillé, ne sachant pas si je dois continuer à lire ou jeter ce journal dans les flammes. Me levant brusquement, Valérie sursaute. Elle perçoit et comprend mon malaise. Je me dirige vers le bar pour saisir une nouvelle bouteille de vin ; j'en ressens le besoin impérieux. Mais qui était réellement ma femme ? Des souvenirs épars me reviennent à l'esprit et maintenant que j'ai effleuré le contenu de son journal intime, je commence à mieux saisir certaines de ses réactions, de ses attitudes. « Putain, ma femme était folle », lâchai-je ! Avant de vider mon verre d'un trait.

Valérie me fixe, et dans son regard, je discerne clairement son embarras face à la situation. »Je ne comprends pas, » commence-t-elle, ses mots teintés d'une confusion palpable. »Elle semblait tellement… normale, quand je lui ai parlé. C'est vrai, une fois que tu passes de l'autre côté, beaucoup de choses changent. Les maladies, les handicaps, tout cela disparaît comme par magie. Mais le plus extraordinaire, c'est qu'elle n'a presque aucun souvenir de sa vie d'humaine. »

Je ne sais pas ce qui m'a pris. Subitement, je me suis rapproché de Valérie, guidé par une impulsion mystérieuse. Était-ce l'effet de l'alcool, les révélations troublantes sur Lisa, ou simplement le poids de nos non-dits qui m'a poussé vers elle ?

Une envie irrésistible de l'embrasser s'est emparée de moi. Avec une douceur inattendue, j'ai pris son visage entre mes mains, et nos lèvres se sont effleurées. Ce n'était pas le baiser fougueux que j'avais imaginé, mais un échange chargé de désir et de sens. Elle ne s'est pas dérobée ; au contraire, elle s'est offerte à moi, ouvrant la porte à une intimité jusqu'alors inexplorée.

Car cette Valérie n'était plus la jeune fille de 18 à 20 ans que j'avais connue, avec qui nous avions exploré les premiers émois de notre sexualité.

– Désolé, je… je ne sais pas ce qui m'a poussé à agir ainsi. Je sais que ce n'est pas le moment opportun, et encore moins le lieu adéquat. Mais ne m'en veux pas, Valérie.

– Pourquoi je t'en voudrais ? Moi aussi, j'en avais vraiment envie. Nos yeux restèrent accrochés l'un à l'autre pendant quelques secondes — des secondes où le temps semblait suspendu. Tout ce qui m'entourait, tout ce que je vivais ne comptaient plus. Je finis par reprendre mes esprits. Désolé pour ce retour sur terre si brutal, mais malheureusement, je ne vis pas dans un monde merveilleux de bisounours. Il fallait absolument que nous retrouvions Artémis, ou plutôt Lisa. Et si Valérie disait vrai, si elle savait vraiment communiquer avec elle, il fallait tenter le coup.

– Il nous faut absolument retrouver Artémis, enfin… Lisa, tu me comprends ?

– Ne t'inquiète pas, me répondit-elle. « Mais avant, ne penses-tu pas que nous devrions terminer de lire ces foutus cahiers ?

CHAPITRE 3 : LECTURE DES CAHIERS DE LISA

Samedi 4 septembre 1993

C'est mon anniversaire aujourd'hui, et une fois de plus, je me retrouve à le célébrer en solitaire. Mes parents m'ont abandonnée. Arnaud, quant à lui, est en congé. Heureusement que nous sommes samedi ; sinon, j'aurais dû passer ma journée en compagnie de ce médecin, celui qui trouve son plaisir dans d'étranges expérimentations.

Je ne suis pas folle, j'en suis certaine. Le problème, c'est que les autres refusent de me comprendre. La faute n'est pas mienne si je suis capable de les voir, de les sentir. Ces âmes qui nous entourent, certaines m'inspirent une peur véritable. D'autres semblent aussi innocentes et vulnérables que des oisillons sans défense.

Mais je sais que je dois les éliminer, chacune d'elles. Ils sont venus ici avec l'intention de nous assujettir, de faire de nous leurs esclaves. C'est un fardeau lourd à porter, mais je suis résolue à protéger notre monde de leur invasion silencieuse.

Mercredi 29 septembre 1993

Tout est presque prêt. J'ai peaufiné chaque détail, mais pour être honnête, c'est surtout Arnaud qui a orchestré le plan. Dans quelques jours, ou au plus tard quelques semaines, je m'évaderai de cette prison. Ils ne me reverront plus jamais. Je vais enfin pouvoir vivre. J'ai réussi à arrêter de prendre mes médicaments. Quand Arnaud est responsable de me les administrer, c'est facile. Il fait semblant de me les donner, et moi, je fais semblant de les prendre. Avec ses collègues, c'est plus compliqué. J'ai dû m'entraîner à plusieurs reprises, essuyant des échecs au début, bien sûr.

Je regarde autour de moi, dans ma chambre, ou plutôt dans ce qui s'apparente plus à une cellule. Cela fait plus de cinq ans maintenant que je suis confiné dans cet univers. Même si je n'ai jamais trouvé le courage de mettre fin à mes jours, l'idée m'a souvent tenté.

Mais maintenant, alors que je peux presque sentir l'air frais de la liberté caresser mon visage, les pensées sombres se dissipent, du moins celles concernant ma propre fin. Je connais ma mission, même si le chemin pour y parvenir reste voilé d'incertitude.

Lundi 6 décembre 1993

Désolé, cher cahier, de ne pas t'avoir écrit plus tôt. Les événements se sont en effet accélérés de manière incroyable. Je suis enfin libre. Grâce à Arnaud, j'ai réussi à m'évader de l'hôpital psychiatrique. Me voici maintenant à Paris, cette ville qui a toujours fait naître en moi tant de rêves. Nous nous sommes installés dans un petit hôtel modeste près de la place Pigalle.

Le silence de la nuit parisienne est trompeur. Sous les pavés, les secrets s'entassent, et je suis désormais l'un d'eux. Arnaud dort à côté de moi, son souffle régulier contraste avec le chaos de mes pensées. Il croit que je dors, mais comment pourrais-je ? La scène se rejoue inlassablement dans mon esprit, un film macabre dont je ne peux me défaire.

C'était une nuit sans lune, où l'obscurité semblait avoir avalé tout espoir. Arnaud avait planifié chaque détail avec une précision chirurgicale. Le docteur Mengele, cet homme qui se croyait Dieu au sein de l'hôpital, ne savait pas qu'il vivait ses derniers moments. J'ai observé, cachée dans l'ombre, tandis qu'Arnaud s'approchait de lui. Ou était-ce moi ? Par moments, la frontière entre nos êtres semble si floue. Arnaud, mon double, mon ombre accomplissait ce que je n'osais faire moi-même. Le silence a été brisé par un cri étouffé, un son si terrifiant qu'il résonne encore dans mes oreilles. Le docteur a tenté de se défendre, mais il n'a rien pu faire. Arnaud était déterminé, et bientôt, tout fut terminé. Son corps meurtri s'écroula sur le sol. Arnaud me regarda avec un sourire et me chuchota « tu es enfin libre, mon amour. »

Nous avions prévu chaque détail de notre fuite, mais rien ne pouvait me préparer à la culpabilité et à l'excitation mêlées qui déferlaient en moi. Était-ce la libération que j'avais tant désirée, ou avais-je simplement échangé une prison pour une autre ?

Dans le reflet du miroir de notre chambre d'hôtel, je ne me reconnais pas. Mes yeux, autrefois pleins d'espoir, reflètent à présent un abîme. Arnaud dit que tout ira bien, que nous sommes enfin libres. Mais peut-on vraiment être libre avec un tel poids sur la conscience ? La frontière entre la victime et le bourreau semble s'estomper, et je me demande si Arnaud est l'architecte de cette évasion ou simplement un pion dans un jeu que j'ai moi-même orchestré.

Paris, avec ses lumières et ses ombres, est le théâtre parfait pour notre nouvelle vie. Mais alors que je me perds dans le labyrinthe de ses rues, une question demeure : suis-je la marionnettiste ou la marionnette dans cette histoire macabre ?

Lundi 14 février 1994

Aujourd'hui, c'est la Saint-Valentin, et me voilà seule, abandonnée, comme une idiote. Cela fait plusieurs jours maintenant qu'Arnaud a disparu, sans laisser de trace, du jour au lendemain. Ses affaires ont également disparu de la petite chambre de bonne que je loue — ou plutôt, que nous louions. Le propriétaire, lui, semble ne s'adresser qu'à moi, comme si Arnaud n'avait jamais existé.

Je lui ai pourtant expliqué, à plusieurs reprises, qu'Arnaud allait revenir, assurant que l'argent ne poserait pas problème. Mais lorsqu'à chaque fois, son sourire entendu me laisse perplexe, comme s'il savait quelque chose que j'ignore. Il m'a laissé entendre, plus d'une fois, qu'un "arrangement" pourrait être trouvé. Il a ajouté que, compte tenu du va-et-vient dans l'immeuble, une personne de plus ou de moins ne me dérangerait certainement pas.

Je ne saisis pas ce qu'il insinue. Son attitude évasive et ses sous-entendus me laissent un malaise croissant, accentuant mon inquiétude pour Arnaud. Où est-il passé ? Et que cache le sourire de notre propriétaire ?

CHAPITRE 4 : VALERIE

Au fur et à mesure que je continue de lire les cahiers avec Egon, je me sens de plus en plus mal à l'aise. Ce malaise ne vient pas seulement des propos tenus dans le récit de Lisa. Je ressens fortement une présence, comme si une ombre lourde et étouffante planait au-dessus de nous. Je n'arrive pas à percer à jour l'âme qui semble se faufiler à travers les murs. Quant à Egon, il est totalement absorbé par les mots laissés il y a des années par une femme qu'il croyait connaître, mais qui s'avère être en réalité une parfaite inconnue. Mes yeux se mouillent légèrement. Est-ce la fatigue, le vin, ou l'état dans lequel se trouve Egon qui me met dans cet état ?

— Tu comprends maintenant pourquoi je ne voulais pas qu'il le lise ! » Cette voix me fait sursauter. Je sais à qui elle appartient, mais je ne vois pas Artémis, son hôte. Consciente que c'est Lisa qui résonne dans ma tête, il me semble naturel de tenter une conversation intérieure avec elle. Pour ne pas éveiller les soupçons d'Egon, je reprends l'air d'une lectrice absorbée, comme il y a cinq minutes.

– Lisa, où es-tu ?

– Je te demande si tu saisis l'importance de ne pas le laisser lire !

– Oui, mais il doit comprendre.

– Comprendre quoi ? Que mes parents m'ont abandonnée, me croyant folle ? Que mon premier amour m'a quittée ? Crois-tu vraiment qu'il saisira ma vie en lisant quelques lignes ?

– Alors, pourquoi avoir gardé ces cahiers ?

– Je ne les ai pas gardés. Je ne sais même pas comment ils ont fini ici. C'est sûrement l'œuvre de celui qui…

– Tu penses à qui ?

– Je n'en ai aucune idée. Je n'ai presque aucun souvenir de ma vie, enfin, de ma vie avant d'être coincée dans ce chat.

– Nous devons découvrir la vérité.

– Quelle vérité ? Ma seule réalité, c'est que je me retrouve par intermittence dans un chat, sans comprendre ni comment ni pourquoi. Comment pourrais-tu m'aider ?

– Il y a peut-être un moyen. Il suffit de me faire confiance, et qu'Egon nous fasse confiance aussi.

Le calme s'installe, et bien que mon cœur batte rapidement, je m'efforce de paraître posée et sereine. Je crois qu'Egon ne s'est aperçu de rien ; il a toujours le visage plongé dans le cahier, une veine sur la tempe droite trahissant un état proche de l'explosion. Je suis vraiment perdue quant à la conduite à tenir. Je le comprends, c'est indéniable. Je peux même, jusqu'à un certain point, partager son malaise : vivre des années aux côtés d'une femme pour se rendre compte que la personne que l'on croyait connaître mieux que quiconque est, en réalité, une parfaite inconnue.

J'essaie de reprendre contact avec Lisa, mais en vain. Alors qu'Artémis entre dans la pièce, elle miaule pour réclamer sa pitance. À ce son, Egon sursaute, les yeux écarquillés. « C'est elle ? » murmure-t-il doucement, comme effrayé par une présence inconnue. Je secoue la tête pour lui répondre que non. « Mais tu m'avais dit… » Comment répondre à cela ? Honnêtement, c'est compliqué. « Elle ne prend pas toujours possession du corps du chat, et lorsqu'elle ne le fait pas ni elle ni moi ne savons ce qu'elle devient.

La fatigue s'installe peu à peu, me forçant à retenir plusieurs bâillements pour ne pas me décrocher la mâchoire. Le vin, l'émotion suscitée par la lecture des textes — même si je ne suis pas directement concernée — et les communications hors du commun ont eu raison de ma vigueur. Tout cela additionné, me voilà devenue une femme ne désirant rien d'autre que de plonger dans les bras de Morphée. Egon, lui aussi, semble épuisé, et ses yeux ont de la difficulté à rester ouverts.

Je me redresse sur ma chaise et pose doucement ma main sur la sienne. “Ne m'en veux pas, mais je suis à bout pour ce soir. Si ça te va, je vais rentrer me coucher. On pourra reprendre nos recherches demain, et peut-être même visiter l'établissement où elle a été internée.” Je ne suis pas sûre qu'Egon ait saisi tout ce que je venais de dire, mais il a hoché la tête en signe d'acquiescement.

Je me lève, lui dépose un baiser sur le front et sens un frisson le parcourir, comme si un courant électrique de bien-être l'avait traversé.

Arrivée à la porte d'entrée, au moment de l'ouvrir, je me trouve nez à nez avec deux hommes. L'un, jeune, que j'avais aperçu à l'enterrement, et l'autre, plus âgé, qui semblait être le chef. “Excusez-moi, madame, mais est-ce que monsieur est chez lui ? Nous avons une triste nouvelle à lui annoncer.”

CHAPITRE 5 : COMMISSAIRE VALENCE.

S'il y a bien une chose que je déteste dans ce métier, c'est de devoir annoncer à quelqu'un la mort d'un proche. Frapper à la porte d'une personne pour lui annoncer l'impensable est une tâche qui me révulse, mais je n'ai guère le choix. Lorsque la porte s'ouvrit, et que je me retrouvai face à une femme, ce fut moi le premier surpris. Ma première pensée fut amère : "Il n'a pas perdu de temps, ce salaud."

— Commissaire, vous avez du nouveau ? La voix grave du veuf surgit derrière la femme.

— Désolé de vous déranger, mais pourrions-nous entrer ?

— Oui, bien sûr, mais…

— Ce ne sera pas long, enfin, je l'espère.

— Vous m'inquiétez !

Nous nous dirigeâmes vers la cuisine où je remarquai sur la table un tas de photos ainsi que de vieux cahiers posés à côté. C'était l'homme qui nota mon regard et s'empressa de se justifier.

— Nous étions en train de parler du passé avec Valérie, et nous nous remémorions des souvenirs.

— Vous n'avez pas à vous justifier, et vous êtes amis depuis longtemps, n'est-ce pas ?

— Mon Dieu, oui, plus de 30 ans.

La femme se tenait en retrait, arborant un visage fatigué. Cependant, ses yeux, perçants, semblaient sonder mon âme.

— Je regrette, mais je ne suis pas venu pour discuter. Connaissiez-vous les époux Liégeois, Andrée et Yvon, pour être précis ?

— Oh, oui. Ce sont les parents de Lisa.

— Il me semblait pourtant que Lisa n'avait plus de parents, selon ce que vous m'aviez dit précédemment.

— Vous avez donc mené votre enquête avec zèle.

— À mon sens, il s'agit simplement d'un crime sordide commis par un voyou.

— Donc, vous ne creuserez pas plus loin. Moins on en sait, mieux c'est.

L'arrogance de cet homme commençait sérieusement à m'agacer. Le fait qu'il soit veuf ne lui donnait pas tous les droits. Il était grand temps de le remettre à sa place.

— Comme je le disais, ces deux personnes ont été retrouvées mortes dans la forêt. Cela évoque-t-il quelque chose pour vous ?

Je vois que la nouvelle lui assène un coup direct. Il lui faut quelques instants avant de reprendre ses esprits.

— Mais… ils viennent de partir… enfin, il y a quelques heures !

— Justement.

— Quoi, justement ?

— Vous êtes le dernier à les avoir vus.

— Et ?…

— D'abord votre femme, puis ses parents… C'est quand même étrange. De plus, vous n'avez même pas demandé la cause de leur mort !

Il serre les poings.

— Je ne sais pas ce qui me retient de vous envoyer ma main en pleine figure.

— La peur, peut-être ?

— Sortez de chez moi, imbécile.

Je n'ai pas attendu qu'il me le répète. Cet homme, je ne pouvais décidément pas le supporter. À peine sa femme était-elle décédée qu'il lui avait déjà trouvé une remplaçante. Des individus de son espèce me révulsent.

Je le surveillerai de près. Et tant mieux s'il pense que je néglige l'enquête. Cela me donnera toute la latitude nécessaire pour fouiller à ma guise.

CHAPITRE 6 : MIGUEL, LA MEME NUIT.

Il est cinq heures du matin. Depuis plus de deux heures, je suis assis dans mon fauteuil, immobile. L'envie, le besoin de bouger m'échappent. Je désire seulement rester là. Une fatigue inexpliquée m'envahit, mon corps et mon esprit semblent vidés. Pendant un instant, j'ai cru à un coup de froid attrapé lors de l'enterrement, ou peut-être à un excès d'émotion ayant épuisé toute mon énergie. Assister à l'inhumation de Lisa par Egon suscite en moi des sentiments partagés. Il est désormais libéré de cette femme qui empoisonnait son existence.

Le dossier médical de Lisa est entre mes mains, non pas celui concernant les symptômes observés depuis que je la prends en charge, mais plutôt celui antérieur à notre rencontre. Car, oui, cela fait plusieurs années que je sais qu'elle mentait. Je n'ai jamais trouvé le courage de révéler la vérité à Egon. Par lâcheté, probablement, mais pas seulement. Le dossier est ouvert sur la dernière page, que je lis et relis. Le dernier paragraphe indique : "*En conclusion, la patiente souffre d'un dédoublement de personnalité, ses différentes personnalités n'ayant aucune conscience des actions des autres. Lisa a construit une vie, un monde, un entourage qui n'existe que dans sa réalité altérée. Elle peut représenter un danger tant pour elle-même que pour son entourage…*" Si seulement j'avais eu le courage de montrer cela à Egon, elle aurait été prise en charge de manière adéquate, et il aurait pu retrouver la liberté, et peut-être que…

Mais arrête de rêver, Miguel, tu es en plein délire. Cela n'arrivera jamais. » Poussé par ces mots, je me décide enfin à me lever du fauteuil pour me diriger vers mon bureau. Lorsque j'ouvre la porte, une odeur familière envahit mes sens, provoquant une montée de larmes irrépressible. »Purée, c'est donc ça, ma vie ? Juste ça ? Condamné à rester enfermé dans ce rôle de médecin de campagne, vivant dans la solitude… ».

Je me dirige vers mon bureau, saisis la bouteille de whisky, et me sers un grand verre avant de m'asseoir à ma table. La main gauche tenant le stylo, mon regard se perd sur le bloc de feuilles qui me fait face. Je contemple le vide sidéral de cette blancheur immaculée, ce support vierge sur lequel je m'apprête à déposer mes mots. Mes larmes ont cessé de couler, si tant est qu'on puisse les qualifier ainsi. Elles n'étaient que quelques gouttes d'un trop-plein cherchant désespérément à s'échapper de mon monde intérieur.

Mes doigts se mettent enfin à bouger, guidés par une volonté qui m'échappe. Les mots coulent sur le papier dans une litanie désespérée.

« *Mon cher Egon,*

Pardonne-moi ce que je m'apprête à faire, mais je n'ai plus la force de vivre avec ce fardeau sur le cœur. Depuis toutes ces années où notre amitié s'est tissée, un sentiment plus profond n'a cessé de croître silencieusement en moi. Tu as toujours été bien plus qu'un ami à mes yeux, même si j'ai gardé cela secret par lâcheté.

Aujourd'hui, alors que Lisa nous a quittés et que tu es libre, je ne peux plus rester dans l'ombre. Vivre à tes côtés en dissimulant mes véritables sentiments est devenu une torture que mon cœur ne supporte plus. Je t'aime, Egon, plus que tout au monde. Tu es l'âme qui donne un sens à ma vie.

Pourtant, je sais que mes sentiments ne seront jamais partagés. Je ne supporte plus cette peine qui me ronge de l'intérieur. Pardonne-moi de ne pouvoir rester à tes côtés en tant qu'ami, c'est au-dessus de mes forces. Adieu, mon amour. Tu resteras gravé dans mon cœur pour toujours. »

Les larmes brouillent ma vue alors que j'écris cette dernière phrase. Lorsque je la relis, le désespoir me submerge totalement. Dans un élan désespéré, je sors le flacon de somnifères de mon tiroir. Mes mains tremblent alors que je verse une ribambelle de comprimés dans ma bouche, les avalant à la suite avec une grande rasade de whisky.

Mes forces m'abandonnent peu à peu tandis que je m'affaisse sur le sol, serrant contre moi la lettre destinée à Egon. Dans un souffle, je murmure une dernière fois son prénom. Alors que mes paupières se font de plus en plus lourdes, je crois apercevoir du coin de l'œil l'ombre fugace d'un chat traverser la pièce tel un spectre. Puis le noir complet m'engloutit.

CHAPITRE 7 : INSPECTEUR JACQUET

Je sais ce que vous allez dire : je suis têtu. Pourtant, vous ne me convaincrez pas du contraire : ce Miguel est louche. À mes yeux, il cache quelque chose. Certes, pour l'instant, mes recherches n'ont rien révélé de concluant. Sa vie semble classique, sans antécédent judiciaire ni problème avec l'ordre des médecins. Une existence banale et ennuyeuse, à l'image de celle de la plupart des gens sur cette terre. Et je ne formule pas cette observation de manière péjorative, car, malheureusement, je me compte moi-même parmi ces gens. C'est précisément pour cette raison que cette enquête, débutant par le meurtre d'une femme suivi de celui de ses parents, représente une opportunité exceptionnelle. Je ne veux laisser passer aucun indice, aucune suspicion.

Cependant, je n'irai pas loin si je compte sur l'aide du commissaire. Il est évident que je dois mener ma propre investigation en parallèle. J'ai partagé la situation avec Sophie, ma compagne depuis deux ans. Nous ne vivons pas encore ensemble ; elle poursuit des études pour devenir sexologue. C'est assez ironique de choisir un tel domaine tout en étant d'une jalousie maladive. Mais cela, c'est une autre histoire, relevant davantage de ma vie privée et qui ne contribue en rien à l'avancement de l'enquête.

Cependant, Sophie soupçonne que quelque chose en lien avec la sexualité se cache derrière les relations complexes entre Lisa, son mari, et Miguel. Miguel était-il l'amant de Lisa ? Ou en était-il secrètement amoureux ? Ces questions me taraudent, d'autant plus que, pour l'instant, je n'ai abouti à rien. Je tourne en rond, et cela commence sérieusement à me faire chier.

Je jette un œil à ma montre ; il est quatre heures trente du matin. Avec la plus grande précaution, je me glisse hors du lit pour ne pas réveiller Sophie et m'habille dans un silence quasi religieux. Au fond de moi, je sais que ce que je m'apprête à faire flirte avec l'illégalité, mais la nécessité de démêler cette affaire l'emporte sur mes hésitations. Si mes soupçons s'avèrent justes, cela pourrait représenter un tournant décisif dans l'enquête et pour ma carrière, bien que cela ne résolve pas le mystère entourant la mort des parents. Tout vient à point à qui sait attendre, après tout. Ma priorité, pour l'instant, est de rassembler des preuves concrètes de l'implication de Miguel dans cette histoire.

Les minutes qui me séparent durant le trajet en voiture me permettent d'essayer d'élaborer une espèce de plan. Je sais qu'il est bancal, qu'il ne tient pas la route et que je vais fonctionner davantage au feeling et à l'improvisation, mais je dois tenter le tout pour le tout.

La ville est déserte, les quelques maisons éclairées ne le sont que par la lumière tamisée d'un petit matin blême. Je m'imagine la scène d'une personne qui se lève, le café fumant posé sur la table de la cuisine, une tartine beurrée à la main, prête à entamer sa journée de travail.

C'est à ce moment précis que mon estomac me rappelle à mon bon souvenir et me fait comprendre que je l'ai complètement oublié, sans complexe. Discrètement, je fouille dans la boîte à gants à la recherche de quelque chose à me mettre sous la dent et, par chance, je trouve un vieux paquet de biscuits entamé. Ils sont secs, ils sont mous, ils ont un goût de vieillot, mais si mon estomac n'est pas content, il devra quand même s'en contenter.

Je continue ma route, en mordant dans ces biscuits qui ont perdu de leur saveur, mais qui me donnent juste ce qu'il faut pour apaiser ma faim. Je me dis que ce n'est qu'un petit sacrifice à faire pour atteindre mon objectif.

Le paysage défile devant mes yeux, les rues se succèdent, mais je suis concentré sur ma mission. Je sais que le chemin sera semé d'embûches, que rien ne sera facile, mais je suis prêt à affronter tous les défis qui se présenteront à moi.

Alors, je roule, déterminé et prêt à tout donner pour réussir. Peu importe les obstacles, je sais que je peux compter sur ma détermination et ma volonté pour surmonter les difficultés qui se dressent sur ma route.

Je me stationne devant la demeure du médecin, une belle maison, ne me garant ni trop près ni trop loin — juste à la distance parfaite. En ouvrant la portière, la fraîcheur matinale de l'hiver s'infiltre dans l'habitacle et me fait frissonner. »Pourquoi ce meurtre ne pourrait-il pas se dérouler en été ? », me demandai-je. Non, l'hiver est nettement supérieur : les rues sont désertes, et personne n'ouvre sa fenêtre pour dormir. Le risque d'être découvert est moindre. Par précaution, je m'équipe : bonnet noir sur la tête, tour de cou ajusté, gants enfilés. Puis, je quitte la voiture, l'esprit agité, oscillant entre nervosité et l'excitation d'une jeune fille avant son premier rendez-vous.

Je me glisse entre les branches basses, esquivant avec soin les épines qui menacent de dévoiler ma présence, pour arriver au plus près de la demeure du docteur. Autour de moi, le silence règne, troublé seulement par le murmure des feuilles et le craquement discret de brindilles sous mes pas. À chaque instant, je suspends ma respiration, irrationnellement convaincu que cela me rendra plus discret, presque invisible. Je longe les murs de la bâtisse, guidé par l'éclat timide de la lune qui perce à travers les nuages. En contournant le coin, une lueur s'échappe des persiennes, un faisceau audacieux qui tranche dans l'obscurité enveloppante. Mon cœur est partagé : l'excitation de trouver enfin un but à ma quête se mêle à une terreur viscérale. Mon cœur tambourine contre ma poitrine, prêt à s'échapper. Je progresse avec encore plus de prudence, chaque pas mesuré. À peine un mètre me sépare désormais de la fenêtre. La lumière, bien que plus intense, ne dévoile toujours rien de concret. Trente centimètres. Mes yeux, collés aux carreaux, s'ajustent lentement à cette invasion lumineuse, quand, soudain, une force brutale m'envahit. Propulsé en arrière, la surprise me prive de toute réaction. Allongé sur le sol froid, l'esprit embrouillé, je sens une douleur aiguë : une griffe vient de lacérer mon visage.

Je me redresse tant bien que mal, observant la silhouette de mon agresseur s'éloigner sans se retourner, la queue haute et les poils du dos hérissés. »Saloperie de chat. Je te jure que si je te chope, tu vas finir en carpette. » Passant ma main sur ma joue endolorie, je me remets debout et reste immobile, espérant que mon épisode de lutte avec ce monstre poilu n'ait pas éveillé les soupçons dans la maison. Les secondes s'écoulent lentement, et aucun bruit ne vient perturber le silence.

La porte menant à l'intérieur de la maison est entrouverte, et c'est probablement par là que ce satané chat s'est échappé. Je m'infiltre à l'intérieur avec la plus grande discrétion possible, prenant soin de faire pivoter la porte le moins possible afin d'éviter tout bruit, pour mon plus grand soulagement. Me voilà à l'intérieur, enveloppé par ce silence omniprésent. C'est un silence pesant, une atmosphère oppressante. Je ne suis plus qu'à quelques pas de la pièce éclairée. Je ne sais pas si mon esprit a immédiatement assimilé ce qu'il a vu, ou si ce sont simplement mes yeux qui ont balayé la scène, percevant instinctivement que quelque chose n'allait pas dans ce tableau.

Un corps est allongé, inerte, la tête tournée vers moi, les yeux mi-clos. Il me fixe. Son teint est livide. Pris de panique, je me précipite vers lui, tentant désespérément de trouver un souffle, un pouls, le moindre battement qui pourrait laisser présager qu'un soupçon d'espoir subsiste encore. Il me semble capter quelque chose. Mes yeux parcourent la pièce ; je remarque une boîte de médicaments vide et une bouteille de whisky. Une tentative de suicide. « Ce con a voulu en finir, emporté par ses remords. » Je lui enfonce deux doigts dans la gorge, espérant provoquer le vomissement, du moins, j'espère que c'est la bonne méthode. La panique me gagne et tout ce que j'ai appris en premier secours s'évapore dès l'instant où je réalise que sa vie est entre mes mains. Je mets mon portable en mode mains libres, le pose sur le bureau et appelle les urgences, priant pour qu'ils arrivent rapidement dans ce coin perdu.

Après une troisième tentative désespérée, un jet jaillit de sa bouche, m'éclaboussant au passage. L'odeur âcre m'assaille, me donnant presque envie de vomir à mon tour. Avec précaution, je le déplace légèrement pour le positionner sur le côté, dans une posture plus sûre. Je tremble de tout mon être tandis que je m'empresse d'ouvrir la fenêtre pour aérer la pièce. C'est à ce moment précis que j'entends les sirènes déchirer le silence de la ville. Mon espoir se ravive : je prie pour qu'elles viennent en réponse à mon appel.

Un courant d'air s'engouffre dans la pièce, faisant virevolter une feuille de papier posée sur le bureau. Je l'attrape au vol, juste avant qu'elle ne s'envole par la fenêtre ouverte. Instinctivement, je commence à la lire. Les mots imprimés sur le papier s'imprègnent dans mon esprit, et peu à peu, une réalité jusqu'alors insoupçonnée se révèle à moi. Oui, il cachait quelque chose. Mais non, il n'était absolument pas mêlé à cette histoire de meurtre comme je l'avais d'abord cru.

CHAPITRE 8 : VALERIE

Avec tous les événements récents, je dois admettre avoir hésité quand Egon m'a proposé de passer la nuit chez lui, en tout bien tout honneur. Cependant, la raison l'a emporté. Il me fallait à tout prix établir un contact avec Lisa pour qu'elle m'explique ce qui s'était réellement passé, car les récits consignés dans ces cahiers me semblaient incroyablement obscurs. Je savais que son âme était tourmentée, qu'elle peinait à exprimer clairement les tumultes qu'elle subissait, mais il me fallait absolument trouver, dans mes livres, un rituel me permettant de sonder l'insondable.

Je devais m'être endormi en pleine lecture, lorsque j'ai ouvert les yeux, le soleil levant pointait le bout de son nez. Un grimoire était ouvert sur une page, mon doigt posé dessus, sur le titre, comme si, même durant mon sommeil, mon esprit avait continué sa quête, jusqu'à, si je puis dire, « mettre le doigt dessus ».

Mes yeux parcourent le rituel ; dans l'ensemble, rien ne semble compliqué. Nous devons simplement le pratiquer un soir de pleine lune. En consultant le calendrier, je découvre avec chance que la prochaine aura lieu dans quatre jours. Cela me laisse suffisamment de temps pour préparer Egon à ce qu'il va voir ou entendre pendant le rituel, et surtout, cela va nous permettre d'avancer dans ce que nous pouvons appeler notre enquête.

Dans la tiédeur de mon lit, je m'étire, encore enveloppée de somnolence. Ma main glisse sous les draps, éveillant doucement mes sens dans l'atmosphère chaude et humide. L'autre main effleure ma poitrine, tandis que la première explore délicatement les seuils naissants du plaisir. Ma respiration s'accélère, suivant le rythme de mes doigts qui dansent entre les lèvres empreintes de désir. Je navigue remontant le courant, m'aventurant dans l'antre humide et tiède. Chaque mouvement accentue cette fièvre montante. Ma poitrine se soulève. Un soupir s'échappe de mes lèvres, mon dos s'arque-boute, guidant mes doigts encore plus profondément. C'est à ce moment que le plaisir atteint son apogée.

J'avais besoin de ce moment, et je n'en avais pas honte, même si les circonstances n'étaient pas idéales. C'était quelque chose de si naturel, et pourtant tellement tabou pour beaucoup, que certains auraient crié à la perversité. Pourtant, pour moi, c'était un moyen de me découvrir et de me libérer des pressions accumulées. C'est comme pour mes croyances. Bien que je n'en parle jamais, les rares fois où quelqu'un l'apprend, il me prend pour une illuminée. Pourtant, je pratique la plus ancienne des croyances, celle du berceau de l'humanité. Même si je suis douée dans ce domaine, je pratique presque toujours en solitaire. La communication avec l'autre monde, les rituels… ne font pas vraiment bon ménage avec les croyances bien ancrées de la plupart des humains.

Je reprends le grimoire pour relire le rituel, prenant quelques notes sur mon téléphone. Puis, je décide de me lever, de prendre une douche, et de descendre pour prendre mon petit déjeuner.

– Madame Valérie Renouf ? Je me retourne, surprise d'entendre mon nom.

– Oui, c'est moi ! Je me retourne brusquement pour me retrouver face au policier de la veille, le fameux commissaire. Le sourire poli qui flottait sur mes lèvres s'efface, remplacé par une expression fermée et froide.

Vous semblez plutôt mécontente de me voir, madame Renouf.

– Je ne vais pas prétendre le contraire ni vous sauter dans les bras. Que me voulez-vous ?

– Oh, ne vous inquiétez pas. Juste répondre à deux ou trois questions, si cela ne vous dérange pas.

– Je suppose que je n'ai pas vraiment le choix. Mais je doute de pouvoir vous être utile. Cependant, si ça peut vous aider, allez-y.

– Vous connaissiez la victime, n'est-ce pas ?

– Lisa, non, pas vraiment. Egon, oui, depuis longtemps. Il a été mon amour de jeunesse, pour tout vous dire.

– Pourquoi êtes-vous revenue ici ?

– Pour des raisons personnelles qui ne regardent que moi et qui n'ont rien à voir avec Egon.

– Vous avez une réponse pour tout.

– Je me contente de dire la vérité.

– Voyons si vous dites toujours la vérité. Quels sont vos sentiments pour Egon ?

– Vous prononcez son prénom avec un tel mépris que c'en est presque pitoyable. Vous voulez savoir si j'éprouve encore des sentiments pour lui ? Oui, je l'admets. Si j'ai envie de le sentir s'enfoncer en moi et de le retenir profondément ? Oui, cela aussi. Si je suis triste que sa femme soit morte ? Cela ne me fait ni chaud ni froid. Et si vous voulez savoir si j'ai quelque chose à voir avec sa mort, je vais vous décevoir : je n'y suis pour rien. Il m'est impensable d'ôter la vie à tout être vivant. Pour information, je suis même végétarienne. Ce n'est peut-être pas une preuve, mais pour moi, cela signifie beaucoup.

Je fixai le commissaire avec un grand sourire, puis lui tournai le dos et me dirigeai vers la sortie. Lui, il resta là, immobile, les bras ballants, la bouche ouverte.

CHAPITRE 9 : COMMISSAIRE VALENCE.

Il est vrai que je suis resté immobile, comme sidéré, pendant quelques secondes. L'effet de surprise provoqué par son audace et sa verve tranchante m'avait complètement désarçonné — du moins, c'est ainsi que je l'avais ressenti. Puis, reprenant mes esprits, je me suis précipité dehors dans l'espoir de la rattraper. Je n'allais certainement pas me laisser dominer par une effrontée de la sorte. Après tout, j'avais déjà fait face à bien pire par le passé, et je peux vous assurer que je n'avais jamais cédé. Me retrouvant au milieu de la rue, je tournais la tête à gauche, puis à droite, mais elle avait disparu comme par magie. Comme un fantôme, elle s'était évanouie de mon champ de vision. Mon hésitation, entre le moment où notre échange avait pris fin et ma décision de la poursuivre, avait été fatalement trop longue.

Déçu, oui, profondément déçu, je l'étais. J'ai glissé mes mains dans les poches de mon manteau et j'ai enfoncé ma tête dans mon col, un peu comme un Maigret taciturne, plongé dans une enquête où tous les indices lui échappent. Un verre d'alcool, j'en aurais bien bu un, et peut-être fumé une cigarette, mais tout cela m'était interdit depuis plus d'un an. Le seul plaisir qu'il me restait, si tant est que l'on puisse nommer cela un plaisir, était d'attendre patiemment la mort. Cela, je n'en avais jamais parlé à personne. Mais, depuis…

Oui, depuis qu'elle m'avait laissé tomber brutalement, tout s'était enchaîné à une vitesse vertigineuse. Les problèmes de santé s'étaient ajoutés à mes tourments, ne faisant rien pour m'aider à sortir de ce marasme. Alors oui, je dois l'admettre, j'attends ma délivrance avec impatience, possédant toutefois assez de lâcheté pour ne pas prendre les mesures extrêmes moi-même. Mais assez parlé de moi et de mes tourments existentiels, revenons à notre sujet principal : cette fameuse Valérie.

Elle était partie, semblant bien décidée à ne pas revenir. Je crois que je ferais bien une petite visite surprise de courtoisie dans sa chambre, juste pour voir s'il n'y aurait pas un ou deux cadavres cachés dans ses valises. Malgré mon moral au plus bas, je reste policier. Et même si j'ai l'air de m'en désintéresser, je suis déterminé à trouver le ou les responsables derrière tout ce chaos.

Il est véritablement stupéfiant de constater à quel point une carte de police peut agir comme une clé magique ouvrant toutes les portes. Il m'a suffi de la brandir sous le nez du responsable pour qu'il me dirige aussitôt vers la chambre de Valérie Renouf, l'ouvrant sans hésitation. Loin d'être un havre de luxe, la pièce n'évoquait pas non plus la spartiate simplicité d'un dortoir. Quelques pièces de lingerie étaient éparpillées aux abords du lit défait, mais je dois reconnaître que l'ensemble affichait un certain ordre. Après un examen rapide des lieux, je me suis lancé dans une fouille un peu plus minutieuse.

Les premiers tiroirs n'ont révélé que des vêtements et de la lingerie, sans intérêt. Dans les suivants, j'ai trouvé quelques livres, typiques des futilités en vogue : magie, remèdes de grand-mère, et autres fantaisies. Un grand livre attira mon attention, rempli de notes manuscrites. J'avais l'impression soudaine de me retrouver dans la chambre d'une adolescente ou dans le décor d'une série des années 90. Un soupir m'échappa. La fouille semblait vaine, ne faisant ressurgir que le vide d'information que pouvait me donner cette chambre. Je scrutais l'endroit, m'assurant que tout était en ordre, ne trahissant pas ma présence. Puis, je quittais l'hôtel, les mains profondément enfoncées dans les poches de mon manteau, le regard fixé sur la pointe de mes chaussures.

La rue était calme, la plupart des gens ayant déjà rejoint leurs bureaux ou étant occupés dans la routine matinale de la vie citadine. Moi, j'étais là, marchant sans but précis, essayant de mettre de l'ordre dans mes idées après ma visite infructueuse chez Valérie. C'est alors qu'un chat, d'un reflet blanc éclatant pour un siamois contrastant avec le gris du trottoir, surgit de nulle part, traversant la route avec une agilité déconcertante. Son apparition soudaine me fit stopper net, un sourire involontaire naissant sur mes lèvres face à l'audace de l'animal.

Cependant, ce moment d'émerveillement fut de courte durée. Alors que je reprenais ma marche, un bruit sourd et rapide s'intensifia derrière moi. Avant même que je puisse me retourner, la douleur explosa dans mon corps. Une voiture, ayant vraisemblablement perdu le contrôle en tentant d'éviter l'animal, m'avait percuté avec une force inouïe. Projeté sur le côté, je m'écrasai au sol, un choc brutal me coupant le souffle.

Allongé sur le bitume, le froid de l'hiver s'infiltrait dans mes vêtements, mordant ma peau alors que la douleur irradiante commençait à peine à se faire ressentir. Mes yeux, fixant un ciel d'un bleu pâle, voyaient les contours du monde devenir flous. Les sons ambiants s'estompaient, remplacés par un bourdonnement dans mes oreilles.

Dans cet instant suspendu, mon esprit vagabondait librement. J'ai pensé à elle, à Valérie, et à tous les non-dits, à toutes ces possibilités désormais envolées. L'ironie de ma situation ne m'échappait pas : après avoir échappé à tant de dangers dans ma carrière, c'était un simple chat qui signait mon arrêt de mort.

Quelle manière de partir, » murmurais-je avec un semblant d'amusement, ma voix faible se perdant dans le vacarme de la ville qui s'éveillait.

La douleur commença à s'estomper, laissant place à une sensation de détachement. Peut-être était-ce cela, attendre la mort avec impatience ? Un départ inattendu, dans l'indifférence d'une matinée d'hiver, où même les adieux semblent superflus.

Et alors que les premiers passants s'approchaient, leurs voix et leurs pas résonnant comme lointains, je fermai les yeux, me laissant emporter par la tranquillité de l'instant, un sourire éphémère dessiné sur mes lèvres face à l'absurdité de la fin. Je vis la figure du chat me fixer et ses yeux me donnaient l'impression de me sourire.

CHAPITRE 10 : EGON.

Cela fait déjà plus de deux heures que Valérie et moi dévorions l'asphalte en direction de la Belgique. Notre destination ? L'hôpital psychiatrique de Nivelles. Ironiquement, cette ville n'avait jamais été le foyer de Valérie ni du mien, mais celui de Lisa, dont le passé semblait s'entrelacer avec nos vies de manière aussi inattendue qu'une série Netflix en manque d'audience.

Valérie était montée dans la voiture, encore électrisée par sa rencontre avec le commissaire. »Il me prend pour une conspiratrice ou quoi ? » s'était-elle exclamée, en claquant la porte d'une manière qui aurait pu faire pâlir d'envie les participants d'un concours de portes qui claquent. Moi ? J'étais à mille lieues de penser qu'elle pouvait être mêlée à quoi que ce soit. À moins que sa participation clandestine à des concours de tarte à la rhubarbe soit considérée comme un crime majeur.

La tension, bien que palpable, ne pouvait étouffer un sentiment de complicité qui nous enveloppait, un peu comme un vieux plaid confortable, mais légèrement grattant. C'est alors qu'une chanson des Doors commença à jouer à la radio. »Tiens, ça me rappelle le bon vieux temps, celui où je ne savais pas encore jouer de la guitare, et franchement, ce n'est pas plus mal » commentai-je, entraînant un rire partagé qui semblait faire fondre l'étrange atmosphère qui s'était installée entre nous.

Valérie se mit à fredonner, tentant de suivre le rythme avec un enthousiasme qui aurait pu faire concurrence à un enfant jouant du triangle pour la première fois. »Tu sais, si jamais ça ne fonctionne pas avec le commissaire, tu pourrais toujours envisager une carrière de chanteuse de blues, » plaisantai-je, ce qui lui arracha un sourire.

Ce sourire fut notre trêve, un moment suspendu où les soucis semblaient aussi lointains que la notion de diététique dans un festival de frites. Alors que Nivelles approchait, promesse peut-être de réponses, ou au moins, d'une excellente occasion de tester les tartes al' djojte locales, nous avions encore une bonne heure de route à parcourir avant d'atteindre notre destination.

– Je suis vraiment désolé de te faire vivre tout cela, Valérie. Vraiment, je ne sais pas quoi dire.

– Pour des retrouvailles, on aurait difficilement pu rêver de circonstances plus… moroses, non ?

– Morbide ?

– Ce n'est pas le mot que j'aurais choisi, mais oui, nous sommes en plein dedans.

– L'important, maintenant, c'est d'avoir accès au fameux dossier de Lisa et de retrouver la trace d'Arnaud. Il pourra sûrement nous en dire plus. Du moins, je l'espère.

– Je ne sais pas… Il y a quelque chose qui me tracasse après avoir lu les cahiers de ta femme. C'est difficile à expliquer, mais c'est comme un grain de sable dans les rouages.

Elle posa sa main sur ma cuisse, son regard fixé sur la route. Je souris ; ce contact, bien que bref, m'apporta un immense réconfort. Même éphémère, il me fit réaliser à quel point j'étais bien avec elle.

La ville se profilait au loin. Il ne nous restait plus qu'une dizaine de minutes de trajet avant d'atteindre notre destination, à condition que le GPS ne nous ait pas égarés. Comment ignorer cette tension qui montait, malgré nos efforts pour rester calmes durant le trajet ? Plus nous nous approchions, plus une boule d'anxiété se formait, s'enfonçant profondément dans mes entrailles.

Valérie se racla la gorge à plusieurs reprises avant d'annoncer qu'elle croyait que nous étions à moins d'un kilomètre de l'hôpital.

Le bâtiment qui se dressait devant nous évoquait une époque révolue, rappelant l'austérité des constructions de l'ère soviétique durant la guerre froide. Entouré d'un parc sans aucun attrait, son apparence contribuait à la morosité ambiante, renforcée par un ciel sombre. Après avoir traversé diverses formalités administratives, rencontré l'accueil, puis une secrétaire, nous avions finalement été conduits auprès du directeur. Cet homme, dans la force de l'âge, dégageait une aura de vitalité. Son bureau bien rangé était décoré d'une photo de sa famille, rayonnante, et de divers clichés de compétitions sportives, témoignant d'un équilibre entre vie professionnelle et passions.

– Je comprends parfaitement votre situation et je me mets à votre place. Cependant, vous devez comprendre que je ne peux théoriquement pas divulguer ce genre d'informations.

– Je suis au courant, docteur. Mais ma femme a été assassinée. Le soir de son enterrement, ses parents ont été tués dans des circonstances extrêmement tragiques. En triant ses affaires, nous avons découvert des cahiers où elle mentionne ce centre et un certain Arnaud avec qui elle aurait fugué.

– Je vous avoue avoir entendu parler de cette affaire, mais avec le temps, j'ai commencé à croire qu'elle n'était qu'une légende urbaine. Dans ma version, il s'agit d'une femme qui a fugué seule.

– Sauf que cet Arnaud n'était pas un patient, mais un de vos employés, un infirmier !

– Ah, voilà qui est étrange. Écoutez, je vais me renseigner, mais ce sera de manière officieuse. Tout ce que je découvre, ou pas, reste entre ces murs.

Il se lève et quitte le bureau, nous laissant seuls, Valérie et moi. Nous nous regardons, un peu comme deux enfants assis dans le bureau du directeur d'école, attendant le verdict du conseil de discipline. Je lui adresse un sourire, probablement maladroit, car elle éclate de rire. Tout en essuyant une larme, elle dit entre deux gloussements : « Excuse-moi, mais c'est nerveux. » Mon regard doit être encore plus niais, car je la vois saisir son mouchoir et le mordre pour retenir un fou rire. Je reprends ma contenance d'enfant sage et fixe le cadre en bois accroché devant moi, où est encadré le diplôme du directeur de l'établissement. Alors que Valérie tente de retrouver son sérieux, il lui faut bien cinq minutes avant que le calme ne revienne en elle, même si de petits sursauts de rire viennent parfois briser le silence qui règne dans la pièce.

Je me lève au même instant où la porte s'ouvre. Un homme, accompagné d'une femme d'âge mûr — pour utiliser une expression délicate —, entre dans la pièce. Le docteur tient un dossier dans sa main, un dossier qui semble avoir vécu, et le dépose sur son bureau. Il fait signe à la dame de s'asseoir dans son fauteuil, et elle, sans trop se faire prier, se dirige vers le siège du directeur. Sans préambule, elle entame la conversation de manière tout à fait naturelle.

« J'ai très bien connu Lisa. J'étais sa référente, pour ainsi dire. C'est moi qui étais responsable d'elle pendant tout son séjour dans notre établissement. Elle n'était pas facile, je le reconnais. Vous devez penser que cette vieille dame a perdu la tête. Mais détrompez-vous, jeune homme, mon esprit est toujours aussi vif. Votre Lisa… je vous ai apporté son dossier. Oui, je l'ai toujours gardé avec moi. J'ai conservé une copie de tous ceux dont je me suis occupée. Parfois, le soir, quand le sommeil me fuit, je les relis. Ces dossiers ravivent mes souvenirs. Il ne me reste plus que cela, les souvenirs. Mais je suppose que les détails de ma vie vous importent peu et que c'est pour elle que vous êtes venu. » Elle avait débité ces mots d'un trait, pointant du doigt le dossier, mais son regard trahissait le fait que ce souvenir n'était pas parmi les plus joyeux.

Instinctivement, elle fouilla dans sa poche et en sortit un paquet de cigarettes. Elle en plaça une entre ses lèvres et l'alluma, ignorant nos regards ébahis.

« Madame Jeanine, vous savez bien qu'il est interdit de fumer ici ! » lui dit le directeur, l'air désolé.

Elle le fixa d'un regard si sévère qu'il n'osa plus bouger.

– Oh, vous, les nouveaux dirigeants autoritaires, qui étouffez toute expression personnelle, tout avis divergent, toute action audacieuse sous prétexte d'éviter le scandale. Vous interdisez tout à tort et à travers et imposez une pensée unique. Franchement, je suis bien contente de finir ma vie maintenant, ayant connu une époque différente, pas la vôtre, toute coincée.

– Excusez-moi, madame, mais pourriez-vous revenir à Lisa ?

– Oui, mon garçon, vous avez raison. Lisa était un peu spéciale. Vous allez me dire que c'est normal, vu qu'elle était ici, mais au début, je me suis beaucoup attachée à elle, avant de comprendre que son pouvoir, ou plutôt sa maladie, lui permettait de manipuler les gens à sa guise. Cependant, la Lisa que j'ai connue, disons Lisa un, était différente. Elle voulait juste se débarrasser de cette partie d'elle-même pour pouvoir enfin vivre sa vie de femme.

– Donc, une sorte de double personnalité ?

– Oui, mais c'est bien plus complexe que ça.

– Pouvez-vous m'en dire plus ?

– Écoutez, je vous ai apporté tout son dossier, avec les rapports des médecins. Vous verrez par vous-même.

– Et qu'en est-il du fameux Arnaud ?

– Je n'ai jamais travaillé avec un Arnaud.

– Mais dans son cahier, elle mentionne son nom.

– Je n'en doute pas, mais je vous assure que je n'ai jamais côtoyé d'Arnaud de ma vie.

Elle a mis un terme à la conversation exactement comme elle l'avait commencée : en se levant d'un bon. D'un signe de tête, elle nous a adressé un dernier adieu et a quitté la pièce dans un silence complet.

Nous avons quitté l'établissement, un peu sonnés, à la manière d'un boxeur qui n'est ni K.O. ni vainqueur. Silencieux, nous arpentions les rues de la ville, perdus dans nos pensées. Incapable de trouver les mots, je ne savais pas par où commencer. La tête me tournait ; l'idée que j'avais pu partager tant d'années de ma vie avec une femme sans jamais percevoir la vérité me paraissait inconcevable.

Le dossier était toujours fermement saisi dans ma main, serré si fort que mes articulations en souffraient. À l'approche d'une taverne, j'ai suggéré à Valérie de nous y installer. L'idée n'était pas de manger — l'appétit me manquait totalement —, mais cela nous offrirait l'opportunité de consulter le rapport dans un cadre plus approprié.

CINQUIEME PARTIE.

CHAPITRE 1 : EXTRAIT DU RAPPORT D'EXPERTISE MEDICAL DE LISA.

Patient ID : # 5 487 932
Rapport psychiatrique de Lisa Adant

Docteur Jeremy Klein
Hôpital psychiatrique de Nivelles, 12 juillet 1993

Entretien préliminaire

Lisa Adant a été admise pour la première fois dans cet établissement en novembre 1987 à la suite de plusieurs épisodes inquiétants survenus à son domicile. Elle présentait alors des symptômes évocateurs d'une schizophrénie, dont voici un rapide résumé :

– Perte de contact avec la réalité avec phénomènes hallucinatoires auditifs et visuels (voix lui ordonnant de commettre des actes violents, visions d'êtres menaçants)

– Discours délirant avec thèmes de persécution et de référence

– Comportement inadapté avec phases d'agitation et d'agressivité

– Absence de prise de conscience de la maladie

– Fonctionnement social et professionnel altéré

Elle a depuis fait l'objet de plusieurs hospitalisations à la suite de récidives symptomatologiques. Son état actuel ne permet toujours pas une réintégration dans la société de manière autonome.

Incidents marquants de son internement

– Janvier 1989 : Tentative de suicide par pendaison. Lisa affirmait vouloir « échapper aux voix ».

– Juillet 1990 : Agression physique sur une infirmière lors d'un épisode psychotique aigu.

– Décembre 1991 : Fugue de l'hôpital. Elle n'a pu être retrouvée que 48 h plus tard, déambulant dans le parc de la Dodaine dans un état d'affaiblissement avancé.

– Avril 1993 : Incendie volontaire de sa chambre d'hôpital.

Comportement actuel

Bien que sous traitement neuroleptique, Lisa présente toujours des phases de décompensation caractérisées par :

– Discours délirant élaboré autour d'un thème de persécution (poursuivie par des entités maléfiques)

– Comportement agressif et menaçant envers le personnel soignant

– Absences et confusions avec perte de contact avec la réalité

– Refus de soins (arrêt du traitement ou prise dissimulée des médicaments)

Pronostic

Compte tenu de la chronicité de sa maladie, du caractère envahissant et persécutant de ses délires, ainsi que de son manque d'évolution, le pronostic est réservé quant à une réinsertion sociale et professionnelle durable. L'évolution se fera vraisemblablement vers la chronicité avec des épisodes récidivants nécessitant des hospitalisations régulières. Une prise en charge en institution spécialisée à long terme semble recommandée.

CHAPITRE 2 : EGON.

Je referme le dossier et le tends à Valérie, sans un mot. Le silence s'installe pendant qu'elle parcourt les pages. Je lis la stupeur dans ses yeux — une stupeur qu'elle ne parvient pas à cacher. Elle évite mon regard, je le sens. Ses lèvres tremblent légèrement, et alors qu'elle tourne les pages, je remarque parfois que ses mains caressent doucement le papier, comme si elle cherchait à en saisir les émotions profondes.

Quant à moi, la première fois que j'ai lu ces mots, c'est la colère qui m'a submergée. Oh, non pas contre Lisa, mais contre moi-même. Comment ai-je pu être aussi naïf, aussi aveugle ? J'étais persuadé que ce que je vivais ces dernières années était dû à une maladie inconnue, une nouveauté tragique, et non pas à une folie préexistante qu'elle avait toujours habilement dissimulée. Dissimulée à mes yeux, à notre réalité.

Valérie tourna délicatement la dernière page du dossier avant de le refermer avec précaution. Puis, elle planta son regard dans le mien, prolongeant un silence lourd de sens. Je n'arrivais pas à décoder ses émotions : de la tristesse, de la compassion ou du mépris pour mon incapacité à comprendre la folie de Lisa. Ce silence me devenait insupportable. L'envie de briser ce mutisme par un cri montait en moi.

Elle fit signe au serveur d'approcher, commandant d'une voix posée une bouteille de vin et deux assiettes de charcuterie. Mon étonnement devait se lire clairement sur mon visage.

Se tournant vers moi, l'atmosphère entre nous devenue intime, Valérie murmura : « Si tu me fais vraiment confiance, je pense avoir percé le mystère du meurtre de Lisa. Mais cela exige de ta part une confiance aveugle. Ne pose pas de question, car pour attraper l'assassin, nous devrons faire preuve d'autant de ruse et de patience qu'un félin. » Sa voix s'éteignit soudain alors que le serveur nous servait le vin blanc, accompagné de deux verres étincelants.

Son sourire en réponse à mon air ahuri m'apaisa un peu. « Tu devrais te voir, mon amour, » glissa-t-elle, une rougeur teintant ses joues. Puis, se reprenant : « Excuse-moi, je n'aurais jamais dû t'appeler ainsi. Ça m'a échappé. »

« Mon amour. » Lorsque Valérie m'a appelé ainsi, ce fut le choc le plus doux. Non pas la surprise de sa conviction d'avoir dénoué l'énigme autour de la mort de Lisa, mais l'étonnement, le frisson de recevoir une marque de tendresse, un geste d'affection, moi qui me croyais condamné à une éternité de froideur. Son appel tendre m'a fait sourire, un sourire auquel elle a répondu par un rougissement plus profond. Le désir me saisit, impérieux, immédiat, en plein public, sans égard pour les regards étrangers. Il n'y avait plus qu'elle et moi, suspendu dans un instant de pur abandon. Tous mes soucis, toutes mes peurs se sont dissipés comme par enchantement, me laissant une sensation de liberté inégalée. Était-ce l'effet du vin ? La fatigue accumulée ? Ou la somme de tout cela ? Mais dans un battement de cœur, une ombre, un voile noir tomba sur moi, aussi soudain qu'implacable. Puis ce fut le silence et l'obscurité.

CHAPITRE 3 : EGON…

Tout d'abord, c'est le bruit qui a infiltré mes sens, se frayant un chemin avec la subtilité d'une brise avant de se transformer en une cascade tumultueuse. Le tumulte de la rue, le fracas des klaxons, les conversations entremêlées — tout cela m'assaillit par vagues. Puis, tel un voile se dissipant au soleil levant, l'épais brouillard noir s'évanouit, laissant derrière lui un monde d'une luminosité implacable. Les couleurs explosent avec une intensité presque agressive, mes yeux protestent, blessés par ce feu d'artifice visuel. Je cligne des yeux, espérant une trêve, mais chaque mouvement m'expose à un éclair aveuglant, qui menace de me submerger de nausée.

Alors, c'est au tour des sensations de s'emparer de la scène. Une chaleur enveloppante, semblable à celle d'une étreinte estivale, caresse ma peau. L'air est chargé d'une moiteur préorageuse, typique d'un après-midi d'août, lourd d'anticipation. Les parfums, puissants et capiteux, dansent autour de moi, une valse vertigineuse qui ébranle ma volonté de rester ancré dans le présent. Si je parviens à contenir l'assaut de mon estomac, je pourrais presque qualifier cette journée de victoire.

Le monde autour de moi prend forme, mais reste drapé dans une brume d'irréalité. Je flotte quelque part entre le rêve et l'éveil, à la frontière d'un ailleurs indéfinissable. Cependant, une certitude se dégage de cette situation incertaine : je ne suis plus retenu dans ce café hivernal dans la petite ville de Nivelles. Non, je me retrouve plutôt en été, assis à la terrasse d'un café d'une métropole vibrante, face à une femme. Mais qui est-elle ? Ses contours restent indistincts, un mystère à peine esquissé. Sa voix atteint mes oreilles comme une mélodie lointaine, ses lèvres bougent, dessinant des mots que je n'arrive pas à saisir.

Guidé par un instinct digne d'un scénario de science-fiction, je m'efforce de capter mon reflet sur les surfaces avoisinantes. Je sais, l'idée peut sembler sortie tout droit d'un film futuriste, mais avouez que rien, dans cette étrange aventure, n'a semblé suivre une logique familière. Du moins, pas selon les règles de mon monde habituel.

Je me tourne vers la vitre de la fenêtre, située à ma gauche, tentant d'y déceler mon image. La lumière joue contre le verre, esquissant les contours d'une silhouette familière. Malgré la brume qui trouble encore ma vue, je parviens à distinguer mon visage. C'est bien moi qui me fais face, malgré les ombres qui dansent sur mes traits, malgré cette vision imparfaite. Mes traits, bien que flous, ne trompent pas : ils portent l'empreinte de mon identité, confirmant ma présence dans ce monde à la frontière du réel.

CHAPITRE 4 :.... EGON

Je sens le sol se dérober sous mes pieds, une vertigineuse sensation de chute m'envahit. Quelle est cette réalité qui se dérobe et se tord sous mes yeux ? Une peur sourde, profonde, s'insinue en moi. Les visages m'apparaissent flous, leurs contours ondulent, comme si on les voyait à travers l'eau. Les voix, pourtant familières, résonnent avec une distorsion cauchemardesque, comme si elles traversaient le voile d'un monde à l'autre. Suis-je prisonnier d'une réalité parallèle, désynchronisé, déchiré entre mon moi d'antan et mon moi d'ici, sans un pont pour relier ces deux existences ?

Je me demande si ce n'est qu'un rêve, mais quelle étrange et terrifiante illusion ? Celle-ci est si palpable, si convaincante dans sa bizarrerie, qu'elle ébranle tout ce par quoi je tenais pour réel. Ma tentative d'explication me semble embrouillée, comme si j'essayais de démêler un nœud sans fin, chaque tiraillement ne faisant qu'aggraver ma confusion.

Soudain, une main se pose sur moi. Douce, trop douce, elle me fait sursauter, non pas de surprise, mais d'une peur viscérale. Cette main, je la connais trop bien, et pourtant, je ne devrais pas. Je l'ai caressée, aimée, sentie contre ma peau pendant des années. Et elle, elle m'a touché de la même manière. Mon cœur s'emballe alors que ma vue s'éclaircit, mes yeux s'écarquillant devant l'horreur de la révélation.

Le visage qui se tenait devant moi, auparavant une simple esquisse floue, prend soudainement une clarté terrifiante. C'est Lisa, son sourire doux, son regard empreint d'amour, comme figé dans le temps. Elle tient un dossier d'agence immobilière entre ses mains, nous replongeant dans ce souvenir d'il y a des années, quand nous rêvions d'un futur ensemble, heureux, dans notre maison. Mais elle ne devrait pas être là, pas après tout ce qui s'est passé. Une terreur glaciale me saisit, me paralyse de l'intérieur.

Je suis pétrifié, incapable de parler, de réagir. Elle cesse de me sourire, me fixe intensément, puis, dans un silence lourd, elle ouvre la bouche pour me dire, dans un calme des plus serein, « je me doute que ça doit te faire un choc ! ».

Alors que je m'apprête à lui répondre, une sensation étrange m'envahit soudain, émanant du sol même sous mes pieds, semblable aux prémices d'un tremblement de terre. Sans prévenir, un nuage dense et opaque de fumée, accompagné d'un fracas assourdissant, plonge l'environnement dans une obscurité profonde, effaçant toute visibilité. Englouti par cette nuit soudaine, un sentiment de déjà-vu m'envahit. Au loin, le son d'un tambour bat avec insistance, rythmant l'air de vibrations primitives. La douleur lancinante dans ma tête atteint un paroxysme, me poussant presque au cri. Paralysé, je me trouve incapable du moindre mouvement, comme figé sur place. Pourtant, après ce qui semble une éternité condensée en quelques secondes, un apaisement inattendu me gagne. La douleur s'efface doucement, laissant place à une sérénité retrouvée. Le chaos sonore se transforme, adoptant le rythme régulier d'un métronome ou la douceur enveloppante d'une berceuse.

CHAPITRE 5 : VALERIE

Je comprends bien que vous puissiez juger mes actions peu conventionnelles, voire discutables. Néanmoins, dans mon esprit, elles incarnent l'unique voie vers la révélation et la guérison. Ma préoccupation centrale tourne autour d'Egon qui, jusqu'à ce qu'il démêle la complexe énigme de sa situation — saisissant non seulement l'ampleur de son aveuglement, mais également les mécanismes sous-jacents et leurs origines —, reste enlisé dans un passé révolu. Ma conviction profonde réside dans ma compréhension de ce qui est arrivé à Lisa. Cependant, pour étayer mes affirmations, il me faut des preuves irréfutables, car je refuse de me laisser décrédibiliser par d'éventuelles erreurs de jugement. Ainsi, concernant cette affaire, la patience est de mise avant que l'on puisse pleinement apprécier le dénouement.

Ce qui me tient le plus à cœur, c'est le bien-être psychique et émotionnel d'Egon. Le plonger dans un état de conscience modifié s'est avéré étonnamment aisé. Absorbé dans la lecture d'un rapport dense, il était tellement captivé qu'il n'a pas remarqué, lorsque le serveur a déposé nos commandes, l'acte délicat que je réalisais sous ses yeux : avec une subtilité chirurgicale, j'ai versé quelques gouttes d'une potion que j'avais confectionnée moi-même dans sa boisson. Cette préparation, issue de mes recherches et expérimentations, était destinée à lui ouvrir les portes d'un voyage introspectif, l'invitant à naviguer dans les méandres de son subconscient.

En ce qui concerne le monde physique, la durée de ce voyage est mesurée en minutes, une notion temporelle insignifiante. Pourtant, pour lui, plongé dans l'abîme de son esprit, ces instants se dilatent, se tordent en minutes, voire en heures indistinctes. Son immersion dépend de sa propre réceptivité au produit, une substance capable de délier les fils du temps perçu.

Je lance un regard furtif à l'écran lumineux de mon portable, constatant que plus d'une minute s'est écoulée depuis qu'il a franchi le seuil vers l'inconnu. Détaché de notre réalité, il voyage à travers un monde façonné par ses pensées, ses désirs les plus enfouis, et ses peurs les plus sombres. Lentement, je l'observe revenir à nous. Ses yeux, d'abord perdus dans le vide, commencent à scintiller d'une lueur reconnaissable, signe qu'il revient de son odyssée intérieure. Les couleurs, peu à peu, chassent la pâleur mortelle de son visage, comme si la vie elle-même se réintroduisait dans son corps.

Ayant accompagné de nombreux voyageurs dans ce périple intérieur, je sais que le retour peut être aussi violent que s'ils étaient éjectés d'un rêve par la réalité crue. Cette transformation, soudaine pour certains, est une épreuve que je ne peux ni prévoir ni adoucir. Elle est le prix à payer pour les révélations qu'ils cherchent, ou parfois, pour celles qu'ils trouvent malgré eux.

Certains diraient que ce que j'ai fait est d'une immoralité flagrante. Mais dans les tréfonds de cette controverse éthique, une question demeure : aurait-il consenti à entreprendre ce voyage s'il avait pleinement saisi l'étendue de ce qui l'attendait ? Je me berce d'illusions pour croire que la vérité aurait changé sa décision, mais au fond, je sais que l'ignorance est parfois le plus doux des baumes.

La responsabilité de ces traversées repose lourdement sur mes épaules, mêlée à une curiosité insatiable pour les paysages inexplorés de l'esprit humain. Chaque voyage est un rappel de la fragilité de notre perception, un témoignage de la puissance incommensurable de notre conscience. Et malgré les risques, malgré les critiques, je continue, guidé par une quête sans fin de compréhension, et peut-être, dans un coin reculé de mon esprit, par l'espoir de trouver la réponse à une question que je n'ai pas encore formulée.

Cessons les digressions et concentrons-nous sur l'essentiel : Egon. Il émerge enfin, sortant de sa transe. Malgré tout, une certaine appréhension m'étreint. J'espère qu'il ne m'en tiendra pas rigueur. Je désire ardemment que son périple intérieur ne se soit pas révélé trop éprouvant. Mais, par-dessus tout, je souhaite que cette expérience lui ait offert des réponses à ses incessantes interrogations.

Il ouvre les yeux lentement, croisant mon regard. Une hésitation se dessine sur son visage, ses yeux oscillants entre colère et stupéfaction. Désireux de prévenir toute réaction abrupte, je me hâte de rompre le silence, espérant tempérer l'atmosphère. Il est clair que nier serait inutile ; mieux vaut opter pour une honnêteté totale. Ayant été témoin de ses réactions antérieures, je sais qu'il n'a probablement pas changé concernant ces aspects fondamentaux de sa personnalité.

– Avant que tu ne prononces un mot ou que tu te laisses emporter par la colère, souviens-toi que je t'ai demandé si tu avais une confiance absolue en moi et si j'étais en mesure de t'aider à démêler ce qui s'était passé. Mais pour cela, tu dois accepter que nous ne soyons pas dans un polar ou un roman d'Agatha Christie. Mes méthodes relèvent de mon domaine : le monde des esprits.

– Mais bon sang, qu'est-ce qui s'est passé ? Lisa, elle était…

– Vivante !

– Oui.

– Elle l'était, mais uniquement dans ta tête, dans tes souvenirs.

– Mais cette scène, sur la terrasse du café, elle n'a jamais existé.

– En es-tu certain ?

– Absolument. Je ne pourrais pas oublier une chose pareille. Elle tenait le dossier de l'achat de la maison dans sa main. Ça ne s'est pas passé ainsi. Ton histoire, c'est n'importe quoi. Tout cela, c'est du n'importe quoi.

Il se lève d'un bond et quitte la taverne. Je ne le suis pas ; je le laisse digérer. C'est normal ; ce n'est pas le premier et il ne sera certainement pas le dernier à agir ainsi. L'air frais de l'extérieur lui fera du bien. Pendant ce temps, je continue de siroter mon verre de vin, les yeux fermés, savourant le calme retrouvé. Une sensation d'apaisement m'envahit, dont l'origine m'échappe. Ce que je sais, c'est que pour Egon, le voyage ne fait que commencer. Je viens de lui ouvrir la porte vers un monde qu'il n'aurait jamais pu imaginer.

CHAPITRE 6 : MIGUEL

J'ai un mal de tête terrible, la bouche pâteuse et un mal de ventre insupportable. Mais qu'est-ce qui s'est passé ? Où suis-je ? L'odeur de désinfectant et un bourdonnement constant malgré ma confusion, me font prendre conscience que je suis à l'hôpital, allongé dans un lit. Mais pourquoi suis-je ici ? Que m'est-il arrivé ? Tentant de soulever doucement ma tête malgré la douleur lancinante, je ne trouve aucun bandage, aucune blessure visible.

Il y a seulement un homme assis en face de moi, à moitié endormi. Je ne le connais pas ; son visage m'est étranger. Je me redresse doucement, ma tête me donne l'impression qu'elle va exploser.

L'homme en face de moi émerge de sa torpeur. J'en profite pour l'interroger :

– Qui êtes-vous ?

– Ah, vous êtes réveillé, tant mieux.

– Cela ne répond toujours pas à ma question. Qui êtes-vous ?

– Ah, oui, excusez-moi. Inspecteur Alain Jacquet. C'est moi qui suis chargé de l'affaire du meurtre de madame Lisa Adant. Je vous ai trouvé dans un état assez mal en point.

– Je ne me souviens de rien. Je ne me rappelle même pas d'avoir eu un accident. À part ce mal de tête, je ne constate aucune autre blessure. Que m'est-il arrivé exactement ?

– Hum, vous ne vous souvenez vraiment de rien ?

– Non. Et ça fait combien de temps que je suis ici ?

– Douze heures.

– Mais bon sang, qu'est-ce qui s'est passé ?

L'homme en face de moi me tend une feuille de papier pliée en quatre. Je la déplie lentement et reconnais immédiatement l'écriture : c'est indéniablement la mienne. Pourtant, les mots inscrits me sont totalement étrangers. Je relève les yeux vers lui, scrutant son visage à la recherche d'un signe trahissant une plaisanterie. Mais l'expression sérieuse et le regard chargé de gravité qui me font face ne laissent aucune place au doute.

– Que signifie ceci ?

– Peut-être est-ce à vous de me le dire, non ?

– Si c'est une plaisanterie, elle est de très mauvais goût !

– Écoutez, monsieur, je vous ai trouvé inconscient, allongé au sol, entouré de médicaments et d'une bouteille d'alcool vide. Cette lettre était posée sur votre bureau. Voilà, en résumé, ce qui vous est arrivé. Depuis, j'attends ici, patiemment, votre réveil.

– Pourquoi ?

– Cela, c'est à vous de me l'expliquer.

– Non, pourquoi avez-vous attendu mon réveil ?

– C'est personnel. Mais pouvez-vous me dire ce qui vous a conduit à ce geste désespéré ?

– Vous allez trouver ça ridicule, mais je n'en ai aucune idée.

– Et cette lettre ?

– Pure sornette. Egon sait depuis notre adolescence que je suis attiré par les hommes. Je ne m'en suis jamais caché. Que j'ai été amoureux de lui quand nous étions plus jeunes, oui, mais mes sentiments sont désormais purement fraternels, et il le sait ! Son attirance pour les femmes, son désintérêt pour moi, je suis au courant de tout cela. Donc, cette lettre est absurde, tout comme l'idée d'un suicide. Fatigué, oui, à l'extrême, non. J'aime trop la vie pour ça. Mon dernier souvenir ? J'étais tranquillement installé dans mon fauteuil, un verre à la main, bercé par le calme de la maison. Puis, un miaulement strident venant de l'extérieur m'a alerté. Il faisait nuit noire. J'ai ouvert la fenêtre et un chat a bondi à l'intérieur. Après cela, je me suis retrouvé dans le néant jusqu'à ce que je me réveille ici avec vous dans cette chambre d'hôpital.

L'inspecteur m'a quitté après une dizaine de minutes. Je n'ai pas pu m'empêcher de lui demander si Egon était au courant des récents événements. Il m'a répondu que non, ajoutant que c'était à moi de le mettre au courant, surtout après ce que je venais de lui révéler. Il ne voyait pas l'intérêt de rendre notre histoire, ou plutôt ma propre histoire, publique. Me voilà seul maintenant, seul dans cette chambre d'hôpital au froid impersonnel. J'essaie de démêler les fils de ce qui s'est passé, mais tout me paraît si absurde, si irréel. J'ai l'étrange impression de ne pas vivre ma vie, mais de n'être qu'un spectateur, voire un acteur, dans une pièce ou un film dont je ne connais pas le scénario. Cette sensation, longtemps oubliée, refait surface, portant avec elle une angoisse et une peur profondes. Je peine à respirer. J'essaie de me calmer, mais l'angoisse est plus forte. Ma tête tourne, je sens que je glisse vers les abîmes. Les images de la veille me hantent : la lettre, le goût de l'alcool, cette sensation de désespoir qui m'avait envahi, et puis cette envie d'en finir avec tout. L'image de Lisa me hante sans cesse. Comment ai-je pu, malgré tout, ne pas agir ? Par peur de perdre Egon… J'ai pourtant tenté de lui ouvrir les yeux. J'ai été bien trop faible. Voilà la dernière pensée qui me traverse l'esprit juste avant de perdre à nouveau conscience.

Après quelques secondes, je suis remonté à la surface, avec toujours cette bouche pâteuse et les jambes tremblantes. Heureusement, que j'étais alité ; car je doute que j'aurais pu tenir debout. J'ai actionné le bouton pour appeler l'infirmière, patientant quelques minutes avant que la porte ne s'ouvre sur un homme en blanc. Jeune, probablement dans la vingtaine, il était d'une beauté saisissante. Dommage que les circonstances ne se prêtaient pas à la séduction, mais il était tout à fait mon type.

– Que puis-je faire pour vous, Monsieur ?

Sa voix, d'une douceur angélique, semblait effacer mes soucis comme par magie.

– Je ne me sens pas très bien, et…

– Vous semblez assez pâle, je vais prendre votre tension.

Le contact de sa main sur ma peau déclencha une sensation électrisante. Mon cœur sursauta, un mélange douloureux, mais étrangement sensuel.

– Avez-vous chaud ? Vous transpirez abondamment.

– Non, c'est juste… je me sens étourdi.

– Je vais chercher un médecin et voir si je peux vous administrer quelque chose pour votre tension, qui est élevée.

– Vous n'êtes pas médecin ?

– Mon Dieu, non, je suis infirmier.

– Oh, excusez-moi.

– Aucun souci. Je reviens tout de suite.

– Comment vous appelez-vous ?

– Appelez-moi Arnaud.

– Merci, Arnaud.

Après qu'il eut refermé la porte, je me laissai glisser dans un profond sommeil sans m'en rendre compte.

CHAPITRE 7 : EGON

J'éprouvais un besoin urgent de sortir ,car mes émotions intérieures étaient particulièrement perturbées. Éprouvais-je réellement de la colère envers Valérie ? Non, ce n'était pas seulement ça — j'étais désorienté, déchiré, presque anéanti. Tout avait semblé si terriblement réel. Revoir Lisa, dans le miroir doré de nos jours heureux, quand l'amour et l'insouciance tissaient notre quotidien, avant que tout ne sombre dans le chaos de notre désastre inattendu. La scène que j'avais vécue ne copiait pas fidèlement le passé, mais elle en capturait l'essence, avec tant de détails de ma vie avec Lisa qui s'étaient infiltrés, rendant cet épisode douloureusement authentique. Peut-être, que Valérie n'avait pas pour premier objectif de déclencher cette expérience précise, mais je devais admettre que, même dans son approche non conventionnelle, ses intentions étaient empreintes d'une certaine bienveillance.

Je comprends que cela puisse sembler idéaliste, et il est possible que vous considériez que mes sentiments envers Valérie influencent mon jugement. Bien que je n'aie pas l'intention de contester votre perspective, je ne peux pas non plus l'accepter sans réserve. Car je ne sais vraiment pas où situer mes sentiments envers cette femme. Bien sûr, je l'ai aimée durant ma jeunesse, mais comme on dit, un amour de jeunesse reste un amour de jeunesse. Depuis, nos chemins ont pris des directions complètement différentes et, même si aujourd'hui ils se croisent à nouveau, cela ne signifie pas qu'ils vont désormais aller dans la même direction. Est-ce la peur ou la logique qui me guide ? Je n'en sais rien. Ce que je sais, c'est que je la désire toujours. Elle est toujours aussi belle, et j'ai le spectre de Lisa qui hante le corps de mon chat, Artémis, ce qui est, il faut bien l'avouer, un sérieux obstacle pour établir une relation saine.

Je me retourne et observe l'intérieur de la taverne. Valérie est toujours assise, le dos tourné, fixant apparemment un point invisible sur la table, immobile. Je prends une profonde respiration d'air frais puis entre. En passant derrière elle, je pose ma main sur son épaule. Elle lève doucement la tête, me regarde, et me sourit. Je ne peux me contrôler ni me retenir. Je m'abaisse doucement et dépose un baiser sur ses lèvres. Sa bouche est humide et chaude, avec une légère saveur de vin blanc. Une chaleur intense m'envahit, un frisson parcourt tout mon corps. J'ai l'impression d'être aspiré dans un vortex, une sensation étrange. Je me redresse ; elle caresse ma joue du bout des doigts, ses yeux brillent d'émotion. Les miens doivent sûrement refléter la même intensité. Je m'assois en face d'elle, elle continue de me sourire et moi, je ne sais plus si j'ai envie de pleurer ou de rire.

La vie est ainsi faite : tout me paraît maintenant si différent, et j'ai du mal à cerner le contexte de ce qui vient de se passer. Valérie, en quelques mots, m'explique les effets du produit et m'assure qu'il est complètement inoffensif. Elle reconnaît qu'il perturbe, mais insiste sur l'absence d'effets secondaires sur l'organisme. Je comprends mieux ce qu'elle a tenté de me faire réaliser : je n'aurais jamais pu deviner que Lisa était dérangée. Son comportement était celui d'une femme tout à fait normale, logique et amoureuse. Je secoue la tête pour remettre mes idées en place, ce qui fait rire Valérie.

« Écoute, je ne sais pas quoi penser de ce qui s'est passé, mais admettons que c'était parti d'une bonne intention. La prochaine fois, préviens-moi simplement. Mais laissons cela de côté et revenons à nos moutons. »

Premièrement, le dossier de Lisa est effrayant. Je ne comprends pas comment j'ai pu passer tant d'années à ses côtés sans jamais réaliser à quel point elle était perturbée.

Deuxièmement, qui est Arnaud ? Personne ne le connaît, personne ne l'a jamais vu ! C'est bizarre, n'est-ce pas ?

Troisièmement, et non des moindres : comment Lisa, bien qu'étant morte, a-t-elle pu se transmuter dans le corps d'un chat ? Comment communique-t-elle avec toi, et pourquoi ne révèle-t-elle pas ce qui s'est passé et qui l'a tuée ?

Je sais que je n'arrête pas de poser les mêmes questions, mais il est important de souligner que ce sont des questions primordiales qui occupent mon esprit. Permettez-moi de vous parler d'Arnaud, ce mystérieux individu apparu de nulle part. Son arrivée soudaine sans explication laisse tout le monde perplexe. En effet, personne ne l'a jamais vu auparavant, ce qui pousse à se demander s'il ne serait pas tout simplement une création de l'imagination complexe de Lisa. Dans un sens, cela pourrait sembler logique, étant donné que Lisa est connue pour ses idées farfelues et énigmatiques.

Cependant, cette histoire prend une tournure encore plus troublante lorsqu'on évoque le docteur Mengele. Aurait-il été victime d'une attaque brutale de la part de Lisa ? Et si oui, Lisa en avait-elle conscience ? Ces questions suscitent en moi une profonde nausée et une grande perplexité.

J'ai partagé ma théorie farfelue avec Valérie, qui, à ma grande surprise, ne l'a pas rejetée d'emblée. Au contraire, elle a admis que d'une certaine manière, cette théorie pouvait sembler logique, bien que tordue. Cela m'a fait réaliser que parfois, même les idées les plus étranges peuvent trouver une certaine cohérence et être considérées comme plausibles par certaines personnes.

Ainsi, la complexité de ces situations et les interrogations qui en découlent continuent de me hanter, me poussant à chercher des réponses et à explorer de nouvelles perspectives.

Maintenant que nous avons bien ri — enfin, façon de parler —, j'essaie de détendre l'atmosphère. Ces derniers jours ont été particulièrement mouvementés. Je regarde Valérie, me demandant si mon regard change sous l'effet de la deuxième bouteille de vin que nous venons de terminer — oui, nous en sommes à deux. Pourtant, je la trouve encore plus attirante, peut-être par ce besoin pressant de me sentir vivant, aimé, et capable d'aimer encore.

Je sens que Valérie perçoit mon trouble. Je le vois dans son regard qui se pose sur moi, ses lèvres frôlant le bord de son verre, ses yeux étincelants. Elle murmure : « J'en ai très envie aussi, et Dieu sait combien. » Mais le faire maintenant, dans ces circonstances, ce ne serait pas idéal, crois-moi. Je veux que ce soit parce que tu es réellement avec moi, et pas seulement parce que…

Je ne la laisse pas finir. J'ai compris. Je dépose un baiser sur ses lèvres et lui murmure en retour : »Je sais, tu as raison. »

CHAPITRE 8 : ALAIN JACQUET.

J'ai traîné dans la chambre de Miguel Trian aussi longtemps que j'ai pu, car ce que je m'apprête à faire est la partie de mon travail que je déteste le plus. Finalement, je décide de prendre les escaliers pour descendre au sous-sol. Quatre étages à descendre par des couloirs d'escaliers gris et ternes. Je ne le fais pas par envie de pratiquer du sport, mais juste pour retarder le moment où je devrai franchir cette porte. Il fait froid ; plus je descends, plus le froid s'accentue. Pourtant, en enfer, il doit faire chaud — cette pensée me tire un sourire en coin. J'arrive au rez-de-chaussée. J'hésite un instant, car rien ne m'oblige réellement à faire ce que je fais. Après tout, je ne suis pas le seul sur terre. Ma main frôle la poignée, puis la lâche. Mes pieds reprennent leur marche ; je pousse la porte. Les couloirs sont presque vides, on se croirait dans un film d'horreur du siècle passé. Je scrute les murs à la recherche d'indications et finis par trouver celle qui m'intéresse. Trois couloirs me séparent encore de la pièce fatidique. Mon cœur commence à battre fort, ma gorge se sèche. La porte se dessine enfin devant mes yeux. Soudain, une jeune femme d'une vingtaine d'années surgit de nulle part, bondissant devant moi comme un clown sortant de sa boîte magique. »Je suis venu pour M. Valence, » dis-je. Elle me répond avec un air autoritaire que je dois aller à l'accueil. Ce que j'ai appris, et que je trouve magnifique et cela je le dois au commissaire, c'est le pouvoir magique des mots »Police », prononcés au même moment que je montre ma carte. Je vois son visage se décomposer, elle perd quelques centimètres et commence à bafouiller.

Elle me dit qu'elle va chercher sa responsable et m'invite à attendre près de la porte vingt-cinq, au bout du couloir, qu'elle me montre du doigt. Je me dirige vers cette fameuse porte. Le couloir devient de plus en plus sombre, un décor qui reflète bien l'ambiance du lieu. L'attente me paraît interminable. Je regarde les murs, les affiches, mais rien n'attire mon regard, encore moins mon attention. « Alors, c'est vous, Colombo ? Celui qui vient voir le corps ? » Sa voix me fait sursauter. Je me retourne, prêt à lui répondre d'un ton agressif pour la remettre à sa place. Mais face à moi, je découvre la sœur de mon père, ma tante, que je n'ai pas vue depuis plus de dix ans, tout cela à cause d'une stupide dispute familiale.

– Tante Dominique ! Toi, ici ?

– Eh ! oui, mon grand, alors c'est toi la terreur qui fait trembler ma collègue ?

– Non, je veux juste savoir si le corps que vous avez est bien celui de mon supérieur.

– Quand l'ambulance l'a emmené ici, il avait ses papiers, donc a priori, il n'y a aucun doute. Mais je ne veux pas me mettre en travers de la justice, et encore moins de mon neveu. Suis-moi. Et entre nous, je suis contente de te voir, passe à la maison. On pourra mieux discuter.

Je reste sans rien dire, mis à part un hochement de tête qui acquiesce et un sourire qui n'est pas commercial, mais sincère.

Une chose est certaine, et je ne sais pas si c'est partout pareil, mais la pièce dans laquelle je pénètre ne ressemble en rien à celles des films ou des séries. Après avoir franchi une double porte, je me retrouve face à une autre qui évoque celles des chambres froides des boucheries de mon époque, enfin, de celle d'il y a plus de vingt ans. Elle l'ouvre et nous entrons dans une salle dont les vieux carreaux de carrelage jaune moutarde me donnent l'impression de voyager dans les années soixante. Au milieu de cette pièce exiguë se trouve un brancard, sur lequel repose un corps recouvert d'un drap. Mon cœur bat fort — c'est déjà ça, comparé au sien. Je n'aime pas du tout ça. Sur le terrain, c'est une chose, mais ici, ce corps, même si je ne l'appréciais guère, appartient à une autre époque, à un autre monde. Et pourtant, devoir soulever ce drap et voir son visage sans vie me donne des frissons.

« T'inquiète, on ne s'y fait jamais à ça », murmure la voix de ma tante, me faisant sursauter. Je l'avais presque oubliée. Elle se rapproche de la civière et pose sa main sur le drap qui recouvre le visage du défunt. Elle me regarde, attendant un signe, un geste, quelque chose qui lui donnerait le feu vert pour dévoiler la dépouille. Je prends une profonde inspiration, ce qui, entre nous, n'est vraiment pas l'idéal à faire dans une morgue. Les odeurs, les parfums et les effluves en général, surtout ceux de la mort, ne sont pas ce que l'on peut vraiment appeler des fragrances de bien-être. Une remontée acide me titille la gorge, que je parviens à calmer tant bien que mal. Finalement, je fais un signe à ma tante, qui soulève doucement le drap.

Il est là, allongé devant moi, et c'est bien lui ; je le reconnais sans problème. Son visage est crispé, rongé par la peur. Malgré sa barbe épaisse, ses lèvres sont tellement serrées qu'il faudrait un œil expert, ou peut-être simplement un coup de chance, pour remarquer qu'un petit morceau de papier dépasse à peine de sa bouche — pas grand-chose, mais assez pour éveiller les soupçons. « Tante Dominique, peux-tu venir ici ? J'ai besoin de ton aide et de ton avis, » dis-je en lui montrant ce que j'ai découvert. Elle confirme aussi que cela lui semble étrange. Elle quitte la pièce un instant et revient avec une petite pince.

Le papier, plié en huit, semble tout à fait ordinaire. Je demande à ma tante une paire de gants pour éviter de contaminer cette pièce à conviction. Avec deux pinces, je tente de le déplier délicatement pour ne pas l'endommager. Je me sens comme un personnage dans un épisode des Experts. L'opération prend quelques minutes ; j'aurais pu aller plus vite, mais je souhaite impressionner ma tante et les deux infirmières qui nous ont rejoints. C'est un peu mon moment de gloire devant ces dames. Le papier est finalement à plat sur la table. L'écriture est, à mon grand étonnement, encore parfaitement lisible. Je prends mon portable pour le photographier sous toutes les coutures, puis je commence à retranscrire le contenu dans mon carnet.

« *Cher commissaire,*

Tu croyais la vérité si simple à découvrir, le coupable tout désigné. Mais comme tu t'y attendais si peu, tes certitudes se sont effondrées les unes après les autres. Rien n'est jamais ce qu'il paraît dans mon royaume, où les ombres sont plus réelles que la lumière.

Ta fin est venue, comme celle de Lisa avant toi. Ta curiosité t'a mené droit dans mon antre, là où nul n'échappe à son destin. Tu pensais me pourchasser, mais c'est moi qui te traquais patiemment. Ton heure avait sonné.

Ne cherche pas à comprendre qui je suis, ni ce qui me pousse à agir. Les raisons des hommes ne sont que poussière face à ma volonté impénétrable. Sache seulement que ta mort n'est qu'une étape vers la révélation ultime.

Bientôt, la vérité éclatera aux yeux de tous. Le labyrinthe dévoilera enfin ses pièges et ses secrets les plus enfouis. Prépare-toi à affronter ton plus grand cauchemar, Egon, car tu es le prochain sur ma liste.

Ce n'est qu'une question de temps avant que tu ne deviennes à ton tour une brebis égarée dans les méandres de mon royaume sans issues.

Le Gardien du Labyrinthe ».

La seule phrase que j'arrive à sortir de ma bouche est « mais qu'est-ce que c'est ce bordel ? »

J'ai traîné dans la chambre de Miguel Trian aussi longtemps que j'ai pu, car ce que je m'apprête à faire est la partie de mon travail que je déteste le plus. Finalement, je décide de prendre les escaliers pour descendre au sous-sol. Quatre étages à descendre par des couloirs d'escaliers gris et ternes. Je ne le fais pas par envie de pratiquer du sport, mais juste pour retarder le moment où je devrai franchir cette porte. Il fait froid ; plus je descends, plus le froid s'accentue. Pourtant, en enfer, il doit faire chaud — cette pensée me tire un sourire en coin. J'arrive au rez-de-chaussée. J'hésite un instant, car rien ne m'oblige réellement à faire ce que je fais. Après tout, je ne suis pas le seul sur terre. Ma main frôle la poignée, puis la lâche. Mes pieds reprennent leur marche ; je pousse la porte. Les couloirs sont presque vides, on se croirait dans un film d'horreur du siècle passé. Je scrute les murs à la recherche d'indications et finis par trouver celle qui m'intéresse. Trois couloirs me séparent encore de la pièce fatidique. Mon cœur commence à battre fort, ma gorge se sèche. La porte se dessine enfin devant mes yeux. Soudain, une jeune femme d'une vingtaine d'années surgit de nulle part, bondissant devant moi comme un clown sortant de sa boîte magique. »Je suis venu pour M. Valence, » dis-je. Elle me répond avec un air autoritaire que je dois aller à l'accueil. Ce que j'ai appris, et que je trouve magnifique et cela je le dois au commissaire, c'est le pouvoir magique des mots »Police », prononcés au même moment que je montre ma carte. Je vois son visage se décomposer, elle perd quelques centimètres et commence à bafouiller.

Elle me dit qu'elle va chercher sa responsable et m'invite à attendre près de la porte vingt-cinq, au bout du couloir, qu'elle me montre du doigt. Je me dirige vers cette fameuse porte. Le couloir devient de plus en plus sombre, un décor qui reflète bien l'ambiance du lieu. L'attente me paraît interminable. Je regarde les murs, les affiches, mais rien n'attire mon regard, encore moins mon attention. « Alors, c'est vous, Colombo ? Celui qui vient voir le corps ? » Sa voix me fait sursauter. Je me retourne, prêt à lui répondre d'un ton agressif pour la remettre à sa place. Mais face à moi, je découvre la sœur de mon père, ma tante, que je n'ai pas vue depuis plus de dix ans, tout cela à cause d'une stupide dispute familiale.

– Tante Dominique ! Toi, ici ?

– Eh ! oui, mon grand, alors c'est toi la terreur qui fait trembler ma collègue ?

– Non, je veux juste savoir si le corps que vous avez est bien celui de mon supérieur.

– Quand l'ambulance l'a emmené ici, il avait ses papiers, donc a priori, il n'y a aucun doute. Mais je ne veux pas me mettre en travers de la justice, et encore moins de mon neveu. Suis-moi.

Et entre nous, je suis contente de te voir, passe à la maison. On pourra mieux discuter.

Je reste sans rien dire, mis à part un hochement de tête qui acquiesce et un sourire qui n'est pas commercial, mais sincère.

Une chose est certaine, et je ne sais pas si c'est partout pareil, mais la pièce dans laquelle je pénètre ne ressemble en rien à celles des films ou des séries. Après avoir franchi une double porte, je me retrouve face à une autre qui évoque celles des chambres froides des boucheries de mon époque, enfin, de celle d'il y a plus de vingt ans. Elle l'ouvre et nous entrons dans une salle dont les vieux carreaux de carrelage jaune moutarde me donnent l'impression de voyager dans les années soixante. Au milieu de cette pièce exiguë se trouve un brancard, sur lequel repose un corps recouvert d'un drap. Mon cœur bat fort — c'est déjà ça, comparé au sien. Je n'aime pas du tout ça. Sur le terrain, c'est une chose, mais ici, ce corps, même si je ne l'appréciais guère, appartient à une autre époque, à un autre monde. Et pourtant, devoir soulever ce drap et voir son visage sans vie me donne des frissons.

« T'inquiète, on ne s'y fait jamais à ça », murmure la voix de ma tante, me faisant sursauter. Je l'avais presque oubliée. Elle se rapproche de la civière et pose sa main sur le drap qui recouvre le visage du défunt. Elle me regarde, attendant un signe, un geste, quelque chose qui lui donnerait le feu vert pour dévoiler la dépouille. Je prends une profonde inspiration, ce qui, entre nous, n'est vraiment pas l'idéal à faire dans une morgue. Les odeurs, les parfums et les effluves en général, surtout ceux de la mort, ne sont pas ce que l'on peut vraiment appeler des fragrances de bien-être. Une remontée acide me titille la gorge, que je parviens à calmer tant bien que mal. Finalement, je fais un signe à ma tante, qui soulève doucement le drap.

Il est là, allongé devant moi, et c'est bien lui ; je le reconnais sans problème. Son visage est crispé, rongé par la peur. Malgré sa barbe épaisse, ses lèvres sont tellement serrées qu'il faudrait un œil expert, ou peut-être simplement un coup de chance, pour remarquer qu'un petit morceau de papier dépasse à peine de sa bouche — pas grand-chose, mais assez pour éveiller les soupçons. « Tante Dominique, peux-tu venir ici ? J'ai besoin de ton aide et de ton avis, » dis-je en lui montrant ce que j'ai découvert. Elle confirme aussi que cela lui semble étrange. Elle quitte la pièce un instant et revient avec une petite pince.

Le papier, plié en huit, semble tout à fait ordinaire. Je demande à ma tante une paire de gants pour éviter de contaminer cette pièce à conviction. Avec deux pinces, je tente de le déplier délicatement pour ne pas l'endommager. Je me sens comme un personnage dans un épisode des Experts. L'opération prend quelques minutes ; j'aurais pu aller plus vite, mais je souhaite impressionner ma tante et les deux infirmières qui nous ont rejoints. C'est un peu mon moment de gloire devant ces dames. Le papier est finalement à plat sur la table. L'écriture est, à mon grand étonnement, encore parfaitement lisible. Je prends mon portable pour le photographier sous toutes les coutures, puis je commence à retranscrire le contenu dans mon carnet.

« *Cher commissaire,*

Tu croyais la vérité si simple à découvrir, le coupable tout désigné. Mais comme tu t'y attendais si peu, tes certitudes se sont effondrées les unes après les autres. Rien n'est jamais ce qu'il paraît dans mon royaume, où les ombres sont plus réelles que la lumière.

Ta fin est venue, comme celle de Lisa avant toi. Ta curiosité t'a mené droit dans mon antre, là où nul n'échappe à son destin. Tu pensais me pourchasser, mais c'est moi qui te traquais patiemment. Ton heure avait sonné.

Ne cherche pas à comprendre qui je suis, ni ce qui me pousse à agir. Les raisons des hommes ne sont que poussière face à ma volonté impénétrable. Sache seulement que ta mort n'est qu'une étape vers la révélation ultime.

Bientôt, la vérité éclatera aux yeux de tous. Le labyrinthe dévoilera enfin ses pièges et ses secrets les plus enfouis. Prépare-toi à affronter ton plus grand cauchemar, Egon, car tu es le prochain sur ma liste.

Ce n'est qu'une question de temps avant que tu ne deviennes à ton tour une brebis égarée dans les méandres de mon royaume sans issues.

Le Gardien du Labyrinthe ».

La seule phrase que j'arrive à sortir de ma bouche est « mais qu'est-ce que c'est ce bordel ? »

CHAPITRE 9 : ARTEMIS — LISA.

Je me trouve dans une situation ambiguë, oscillant entre des pensées ancrées dans la réalité et d'autres qui m'ont été transmises par une source divine, ou tout simplement parce que je suis obligé de les saisir. Je me sens de plus en plus en accord avec ce corps de chat ; j'ai fini par y trouver quelques utilités qui s'avèrent des plus pratiques. Par exemple, je peux voyager n'importe où, entrer dans des maisons, manger ce que je veux, ou plutôt ce que l'on me donne ou que je trouve. Depuis quelques jours, je dois me débrouiller seule pour me nourrir. Car oui, Monsieur Egon est parti avec sa « nouvelle compagne » en voiture, tous les deux sans crier gare. Il est vrai que je ne suis plus beaucoup à la maison ces temps-ci, mais il aurait quand même pu me prévenir. Au lieu de ça, que me laisse-t-il ? Juste un saladier posé sur le plan de travail, rempli de croquettes. Je suis réduite à cela : à manger des croquettes qui ramollissent.

Je m'appelle Lisa, du moins je le crois, car je ne suis plus certaine de rien. Tant de choses étranges se passent. Bien sûr, il y a le fait d'être à la fois morte et vivante dans un corps qui n'est pas le mien. Mais surtout, je ne suis plus sûre de rien. Il y a des moments où je ne sais même pas ce que je fais. Je désire bien des choses, mais il faudrait tout de même que quelqu'un m'explique ce qui se passe. Parfois, des montées de colère intense m'envahissent. Je n'arrive pas à les contrôler. Elles sont si fortes que, sans prévenir, j'ai l'impression que quelque chose prend possession de mon esprit et du corps de ce pauvre chat. Cette sensation est si intense que je me sens complètement déconnectée. Si je devais résumer, c'est comme si nous étions trois dans ce corps : le chat, bien sûr, moi par intermittence, et une troisième entité qui ne s'est pas encore manifestée. Est-ce que tout cela se passe dans ma tête, ou est-ce réel ? J'ai un peu l'impression de revivre une expérience déjà vécue, mais je n'arrive pas à déterminer quand ni comment. Je ne me souviens presque de rien de ma vie d'avant, j'ai juste quelques flashs, comme je l'ai dit.

Enfin, je ne vais pas trop me plaindre. En fin de compte, qui peut dire ce que je serais devenu si je n'avais pas atterri dans ce corps ? La mort aurait représenté quelque chose d'étrange pour moi. Que pensais-je vraiment de la mort ? De ma propre fin, ou de celle des autres ? À vrai dire, je n'en sais strictement rien. Peut-être que tout le monde vit la même chose que moi. Peut-être que ce phénomène n'est pas si exceptionnel après tout et que cela expliquerait pourquoi il y a de plus en plus de chats sur terre. Ils pourraient tous être la réincarnation d'humains défunts.

La seule personne qui semble pouvoir m'aider et me comprendre, c'est cette femme, Valérie, celle qui rôde autour de mon mari. Je ressens une montée de colère, quelque chose qui bouillonne dans ma tête. J'ai des sensations étranges, comme une chaleur qui s'empare de moi, mes pensées s'embrouillent et ma vue se trouble.

Non, Lisa, calme-toi. Si tu laisses cette colère monter en toi, tu risques encore de te retrouver déconnectée. Je pourrais me retrouver plus tard n'importe où, et à n'importe quel moment, sans aucune idée de ce que j'aurais fait entre-temps.

Je me pose des questions sur cette existence inhabituelle. Est-ce que tous les chats ressentent ce que je ressens ? Est-ce qu'ils se souviennent aussi de leur vie humaine, ou est-ce que je suis une exception ? Tandis que je lutte pour conserver une façade de normalité féline, ces interrogations continuent de me tourmenter.

Il me faut trouver des réponses. Peut-être que si je parviens à communiquer avec Valérie, elle pourrait m'aider. Après tout, son intérêt pour mon ancienne vie, pour mon mari, pourrait être la clé de ma compréhension de ce nouveau monde étrange et de ces sensations qui me submergent. J'ai besoin de comprendre, pour apaiser cette tempête intérieure qui, autrement, risque de me submerger.

Cependant, je me sens tiraillé entre deux mondes et je n'arrive pas à me défaire de cette étrange sensation. Par moments, j'éprouve des envies meurtrières. Cela vient probablement du côté félin de mon existence, mais cette révélation me trouble profondément. Me surprendre à jouer avec une souris, puis à la tuer d'un coup de patte acérée, suscite en moi une émotion complexe. Même si je répugne à l'admettre, cette brutalité me procure une forme de jouissance troublante.

Depuis que je vous parle, je suis tapi dans un coin, occupé à observer un mulot vaquer à ses occupations. Un flux de plaisir intense monte en moi. J'attends le moment vraiment opportun pour bondir sur lui et le déchiqueter avec délectation. Une petite goutte de salive perle au bord de ma mâchoire tandis que des papillons semblent danser dans mon ventre. Je ne tiens plus en place. Je bondis sur ma proie, lui plantant mes crocs dans la nuque ; son petit cri de terreur et de douleur me fait monter en extase. Ma patte, toutes griffes dehors, lui lacère le ventre. Le sang, la peur, oh mon dieu, comme c'est exquis.

CHAPITRE 10 : ARNAUD.

Voici que j'arrive, et vous vous dites : »Un nouveau ? « Je comprends que nous n'avons pas encore établi un seul lien profond. Vous avez peut-être déjà entendu parler de moi, mais je reste une entité floue pour vous. Ce n'est pas grave ; vous apprendrez doucement à me comprendre et à me connaître. Je ne vais pas me dévoiler d'un seul coup ; après tout, je ne vous connais pas non plus. Vous êtes pour moi de parfaits inconnus. Alors, installez-vous confortablement dans votre petite vie, continuez à être ce que vous êtes, mais sachez une chose : tôt ou tard, vous allez me rencontrer. Peut-être que pour beaucoup, je ne serai qu'une présence éphémère, quelques secondes, et pour d'autres, je les accompagnerai plus longtemps. Je m'amuse avec eux ; ils sont mes jouets, un peu comme un chat avec une souris, si vous voyez ce que je veux dire. Lors de mon passage parmi vous, j'ai choisi, pour cette époque, le prénom Arnaud. J'aime bien pour le moment, après, on verra… d'autres prénoms me tenteront peut-être. Mon âge ? Oh ! mon Dieu, je ne saurais vous dire. Je traîne sur cette planète, votre planète, depuis tellement longtemps que j'ai perdu la notion du temps. J'ai tellement de travail que je n'ai pas vu les siècles défiler. Vous êtes quand même une race à part. Vous prétendez être évolués, mais franchement, quand je vous regarde, vous me faites pitié. Si seulement je le pouvais, il y a bien longtemps que j'aurais nettoyé cette planète de tous les nuisibles que vous êtes. Parfois, quand vous me désespérez trop, je tente bien un petit nettoyage, juste pour essayer de vous faire comprendre que vous êtes une race à part. Mais, malheureusement, cela ne dure jamais longtemps.

Je n'ai pas choisi ma mission ; elle m'a été imposée. Vous allez certainement me demander qui est responsable, et vous avez raison de le faire. Cependant, j'ai aussi le droit de ne pas répondre. Lorsque le moment sera venu, je vous promets que vous aurez toutes les réponses à vos questions. Mais pour l'instant, revenons à ce qui nous intéresse.

Il y a plusieurs années, j'ai permis à une personne, à une femme, de me rencontrer, de me parler, de vivre une histoire avec moi. Mais l'avantage de cette parodie d'amour qu'elle a vécue, c'est que, considéré comme différente, personne ne l'a crue lorsqu'elle racontait vivre une belle aventure. Ne vous inquiétez pas, je n'éprouve vraiment aucune honte ni aucun regret pour ce que je lui ai fait vivre. C'était, comme vous dites si bien, son karma.

Mais je m'égare, et vous pourriez penser que je parle pour noyer le poisson. De toute façon, c'est de l'histoire ancienne et je ne vis pas avec mon passé. Je suis un être du demain.

Le destin de qui, de quoi ? Mais de tout le monde, évidemment. Je rassemble toutes vos peurs, vos espoirs, vos désirs en une seule chose : la dernière seconde d'un souffle, celle d'une vie insignifiante qui a tenté, tout au long de son existence, de maîtriser son parcours. Mais sachez-le bien, vous n'avez de contrôle sur rien. Votre prétendu libre arbitre n'est qu'illusion. Vous n'êtes que les marionnettes d'une vaste comédie de boulevard. Alors, ne soyez pas tristes de votre sort ; si les choses sont ainsi, c'est que cela était inscrit dans votre livre de vie. Vous n'êtes qu'un chapitre, voire un paragraphe, dans cette grande bibliothèque.

Comment me nommer, vous demanderez-vous ? Ce n'est pas si compliqué. On m'a déjà attribué tant de noms, mais celui que je préfère est « le Gardien du Labyrinthe ».

SIXIEME PARTIE

CHAPITRE 1 : EGON

Nous sommes revenus chez moi, sans aborder le sujet. Il ne faut pas grand-chose, mais je souhaite que notre nouvelle première fois soit belle, et non réduite à une simple pulsion chimique ou un moyen de décompresser. Ce n'est pas facile, et c'est très dur, dans tous les sens du terme, si je peux me permettre. Durant le trajet, nous avons retrouvé notre complicité ; il suffisait que la pression retombe. Une fois en ville, nous sommes allés récupérer les affaires de Valérie à l'hôtel. Il est inconcevable pour moi qu'elle y dorme alors que moi, je prenais la chambre de Lisa et elle, mon lit. Il me restera juste à faire un peu de ménage, mais rien d'impossible. Je me sens comme un adolescent, et elle aurait pu être le symbole de cette période insouciante si la situation n'avait pas été si dramatique. La maison est silencieuse, froide. En franchissant le perron, je ressens encore un pincement au cœur et une certaine angoisse. L'espace d'une seconde, j'ai cru que Lisa allait surgir, faisant de tout cela un rêve issu d'un cauchemar. Je me retourne et vois Valérie qui me sourit. En une fraction de seconde, elle dissipe mes angoisses.

Je regarde mon répondeur téléphonique. Oui, je suis peut-être l'un des derniers humains à posséder un téléphone fixe avec un répondeur. J'ai un portable, mais il est strictement réservé aux personnes très proches, donc très peu de gens y ont accès. Le répondeur me permet de mieux filtrer les appels. Je sais, c'est un système archaïque, mais c'est mon système et il me convient parfaitement.

La lumière rouge clignote : un message. Je vais savoir de qui il s'agit dans quelques secondes. La voix au bout du fil ne me dit rien, mais le nom, ou plutôt le titre de la personne me fait légèrement tiquer. « Bonjour, c'est l'inspecteur Jacquet. Je me permets de vous contacter pour vous informer que votre ami, Monsieur Miguel Trian, a été admis cette nuit à l'hôpital Sainte-Cécile. Ne vous inquiétez pas, sa vie n'est plus en danger. Je tenais simplement à vous prévenir. » Le bip de fin de message retentit.

Derrière moi, Valérie murmure doucement : « On va aller le voir tout de suite, l'hôpital n'est qu'à dix minutes d'ici. » Elle me tend le manteau que je venais juste de retirer, et nous partons immédiatement en direction de l'hôpital.

Durant les dix minutes de trajet, notre conversation ne tourne qu'autour du sujet principal de l'appel téléphonique. Bien sûr, à l'heure actuelle, toutes mes questions restent sans une seule réponse. Nous franchissons le seuil de l'hôpital, et je me dirige vers l'accueil pour demander le numéro de la chambre de Miguel. La réceptionniste, une grande femme échevelée, me regarde comme si je venais d'une autre planète. Elle soupire, tape quelques secondes sur son clavier, puis me répond d'une voix nasillarde :

« Monsieur Trian est au troisième étage, chambre 323. » Les secondes qui me séparent de mon ami me semblent interminables.

Nous nous tenons devant la porte de sa chambre. J'hésite quelques instants, puis, rassemblant mon courage, je force un sourire rassurant et ouvre la porte sans savoir à quoi m'attendre.

À l'intérieur de la chambre, Miguel est allongé sur son lit, le teint pâle et les yeux vitreux. À première vue, il n'a vraiment pas l'air en forme, ce qui est logique car si le contraire avait eu lieu, il ne serait pas dans cet endroit — son visage marqué témoigne de sa souffrance.

– Egon, qu'est-ce que tu fais ici ?

– D'abord, dis-moi ce qui t'est arrivé. Comment ça s'est passé ?

– Je ne sais pas. On m'a transporté ici en urgence durant la nuit. Quelqu'un m'a trouvé inanimé dans mon bureau. Il paraît que j'aurais mélangé alcool et médicaments, mais je t'assure que je n'y comprends rien.

– C'est l'inspecteur de police qui m'a informé de ton accident.

– Et tu ne me présentes pas la personne qui t'accompagne ?

– Tu ne la reconnais pas ?

– Non, aurais-je dû ? Je l'ai vue à l'enterrement de Lisa, mais non, je ne la connais pas.

– C'est Valérie ?

– Oui, et alors ?

– Ma Valérie, celle de ma jeunesse !

Il a fallu quelques secondes pour que Miguel assimile l'information. Une tension visible se forma sur son front alors que les souvenirs et la réalité commençaient à se connecter.

– Oh mon dieu !

– Bonjour, Miguel, répondit Valérie avec un doux sourire.

– Mais que fais-tu ici ?

– C'est une longue histoire, mais nous sommes venus pour toi.

– C'est très gentil, mais je ne sais pas quoi vous dire. J'étais tranquille dans mon fauteuil, et puis, tout à coup, je me suis retrouvé ici.

– Il ne s'est rien passé de spécial ?

– Non, juste un chat qui a miaulé à ma fenêtre.

– Un chat ? répéta Valérie.

– Oui, un chat, rien d'exceptionnel.

– Je sais, je dis ça comme ça, c'est tout.

Malgré les circonstances, la conversation se déroula agréablement. Ils échangèrent sur divers sujets, partageant des souvenirs communs. « Mais tout cela ne nous rajeunit pas, » fut un sentiment partagé.

Voir mon ami à l'hôpital m'avait profondément ému, et je dois avouer que les récents événements, entre les nouvelles décevantes et la vie secrète de Lisa, avaient entamé mon moral. Cependant, observer leur complicité, riant de vieilles anecdotes à mes dépens, réchauffa mon cœur. Comme toutes les bonnes choses ont une fin, nous avons finalement pris congé de Miguel et quitté sa chambre. En sortant, nous fûmes interpellés par un jeune infirmier.

– Vous devez être Egon ? Sa question me surprit un instant. Il continua sans se démonter : « Miguel m'a tant parlé de vous, j'ai l'impression de vous connaître.

— Si vous le dites. Et vous êtes ?

— Oh, je vous prie de m'excuser pour mon manque de courtoisie. Je suis l'infirmier s'occupant de votre ami… pardon, de Miguel.

— Aucun souci.

— C'est que j'ai l'impression de vous connaître, il m'a tant parlé de vous. Il est ici depuis hier, n'est-ce pas ? Vous avez dû passer beaucoup de temps ensemble.

— Oui, mais c'est compliqué, » répondis-je, tentant d'éluder.

– Sans vouloir être indiscret, comment allez-vous depuis… ? Il n'eut pas à finir sa phrase. Je fus saisi d'émotion, incapable de répondre, et, prenant la main de Valérie, nous quittâmes l'hôpital. L'infirmier m'avait perturbé, me laissant nerveux. Valérie le ressentit, mais choisit le silence ; sa simple présence, sa main dans la mienne, m'apaisa quelque peu.

Arrivé à la voiture, emporté par une impulsion, je pris soudainement son visage entre mes mains et l'embrassai passionnément. Elle répondit avec fougue à mon baiser, un moment d'intense bien-être nous enveloppant. Ma main glissa doucement le long de sa poitrine, frôlant sa peau chaude. Nos cœurs battaient à l'unisson, le désir mutuel palpable. Lorsque nos lèvres se séparèrent, il n'y eut aucun besoin de mots ; nos corps avaient déjà tout dit. Conscients de notre désir partagé, nous montâmes dans la voiture, emportés par l'excitation de l'instant, et je pris le chemin de la maison, pressé par l'envie d'être seuls avec Valérie.

Nous arrivons à la maison, toujours animés par une excitation persistante. Il ne nous faut que quelques minutes pour nous retrouver dans ma chambre. Mes yeux piquent de fatigue et mon dos me fait souffrir après le long trajet, mais dans cet instant précis, rien d'autre n'a d'importance : ni la douleur ni la fatigue. Seul compte son corps, son odeur, son goût. Nous ne faisons plus qu'un : deux corps animés par une seule âme. Rarement ai-je ressenti un tel plaisir total. Elle me regarde avec des yeux emplis d'amour, une sensation que je n'avais plus éprouvée depuis des siècles. Ce moment que nous partageons est un pur délice. Je souhaite ardemment que cet instant de grâce ne s'achève jamais. Je me perds en elle.

Valérie soupire de plaisir. Je m'allonge sur le côté, mes mains glissent lentement sur toutes ses courbes. Elle regarde le plafond et sourit, tandis que je la contemple, réalisant que je suis tombé amoureux. Tout est immobile dans la maison, à l'exception du léger cliquetis de quatre petits bruits, un son qui suggère que quelqu'un monte les escaliers doucement. Un court moment de flottement plane dans l'air.

Je sens Valérie respirer un peu plus vite. Elle tourne lentement la tête vers moi et me chuchote : « Elle est là ! » Il me faut un instant pour comprendre. Perdu, je ne sais pas comment réagir, et je vois bien que Valérie non plus. D'un bond, je me lève pour fermer la porte de la chambre que nous avions laissée ouverte. Au moment où je saisis la poignée pour tout verrouiller, je vois surgir brusquement Artémis.

CHAPITRE 2 : LISA

Encore un retour depuis l'inconnu. Je me réveille dans le corps de ce putain de chat, sans me rappeler où j'étais avant, ni ce que je faisais après avoir joué et déchiqueté la petite proie avec laquelle je m'amusais. Je sors des limbes et tente désespérément de rassembler mes esprits. Ces derniers jours, j'ai vécu plusieurs passages semblables, mais celui-ci est particulièrement difficile à gérer. Ma tête est complètement chamboulée ; je n'arrive pas à me positionner dans le temps et l'espace.

Il me faut un certain temps pour que mon esprit puisse enfin saisir où je me trouve. Je suis chez moi, dans ma propre maison. Les odeurs y sont prononcées ; la mienne, celle de mon essence en tant qu'être humain, imprègne encore certains recoins. C'est stupéfiant de réaliser que chaque humain dégage une odeur distincte, et que je suis capable de différencier les individus juste par ce biais. Outre mon propre parfum, il y a celui d'Egon, une fragrance que je reconnais également sans peine. Mais ce qui me trouble davantage, c'est que je perçois, au-delà de son odeur habituelle, celle de ses phéromones. Elles sont en pleine effervescence. Et par-dessus tout, il y a cette autre odeur, celle d'une femme. Une femelle en chaleur. L'arôme est si intense qu'il en devient presque gênant.

Je me retrouve envahi par un flot d'émotions tumultueuses : une colère ardente, une rage brûlante, un profond dégoût envers l'humanité et toute forme de vie. Cela ne fait que quelques jours que je suis parti, et déjà, cet individu répugnant s'adonne à des ébats avec une autre, sans la moindre retenue. Je me faufile à travers les pièces de la maison avec la plus grande discrétion, guidé par les bruits de sa respiration lourde et de ses gémissements. Arrivé au pied des escaliers, je lève les yeux et constate avec stupeur que la porte de la chambre est entrouverte. Ils s'abandonnent à leur désir sans aucune pudeur, sans la moindre considération pour le respect d'autrui. Pourquoi se donneraient-ils la peine de se cacher ? Après tout, ils sont seuls dans la demeure. Cependant, un minimum de respect s'imposerait ; s'ils voulaient se livrer à de tels actes, ils auraient dû choisir un hôtel plutôt que de souiller ainsi le sanctuaire conjugal.

Je monte les marches de l'escalier avec précaution, m'efforçant de canaliser ma nature féline pour minimiser le bruit de mes pas. Malgré cela, le léger froissement de mes pattes contre les marches trahit ma présence. Je m'arrête un instant, retenant mon souffle, puis je reprends ma progression. Leur respiration s'apaise légèrement. Soudain, je l'entends, elle lui murmure à l'oreille : « Elle est là ». Comment ose-t-elle ? Cette salope, telle une sorcière dans l'ombre, attise en moi une colère infernale. Dans mon esprit, une voix s'élève, promettant de la faire payer, de la réduire en cendres.

Je me tiens juste devant la porte. Egon bondit du lit et se retrouve complètement nu devant moi. Mon Dieu, il a l'air ridicule, son sexe pendouillant comme une grosse larve dégoulinante. Un calcul rapide, presque félin, se forme dans ma tête, analysant ma trajectoire : « Si je saute assez vite et bien, je peux lui attraper son truc d'un bon coup de griffe. » Cette idée me fait sourire intérieurement, malgré la rage qui m'habite. Je le vois saisir la poignée de la porte, prêt à me la claquer au nez. Mon instinct me fait bondir d'un coup pour entrer dans la pièce avant que la porte ne se ferme. Je sens le tranchant de l'air me râper le flanc, mais j'y suis. Le claquement de la porte résonne dans toute la maison. Egon se retourne vers Valérie. Pendant ce temps, je bondis sur le lit, le retrouvant entre eux deux : lui debout tenant toujours la poignée de la porte, nu comme un ver, le regard horrifié, et elle, me fixant, tentant de pénétrer ma tête, mon âme.

Moi aussi, je fixe Valérie de mes yeux de chat, mais avec ma rage d'humain. « Cesse ton cinéma ! » je lui crie tellement fort que je me surprends moi-même, mes griffes s'enfoncent dans le matelas. Elles sont tellement incrustées que je reste coincée, comme prisonnière de mon propre état. Cette situation me met encore plus en rage. Je me concentre pour essayer de bondir d'un seul coup, quitte à y perdre des griffes pour plonger sur le visage de Valérie. Je vois dans ses yeux toute la peur qui s'y dessine. Elle sait ce que je veux lui faire. Elle le comprend. Elle ouvre sa bouche pour me parler. « Mais qu'elle se taise, cette salope ! » Je m'abaisse au plus près du matelas pour prendre mon élan et enfin lui lacérer le visage, cette petite pute. Ça y est, je m'élance, mes pattes se tendent au maximum, mon corps quitte le matelas. Autour de mes pattes, j'éprouve une sensation désagréable de griffes qui se détachent. Toutefois, je suis prêt à sacrifier une ou deux griffes pour ressentir la satisfaction d'avoir vaincu mon adversaire. Un voile s'abat sur moi — non, une couverture. J'entends le souffle d'Egon traverser le tissu et sa voix, à demi couverte, dire avec satisfaction : « Voilà, je l'ai eue ; elle ne pourra rien te faire. »

Il me jette dans un panier en osier comme une vieille chaussette. Ma colère est encore plus forte. Je m'agite dans tous les sens pour tenter de m'évader par tous les moyens, mais rien n'y fait. Ils quittent la chambre, j'entends leurs pas dans les escaliers. Je les hais. Le peu d'espace que j'ai dans ce panier ne me permet malheureusement pas de prendre de l'élan ou de la force pour tenter de m'extirper de cette prison d'osier. Ils ne sont partis que quelques minutes, je les entends de nouveau revenir. Une montée d'adrénaline me traverse.

Purée, pourquoi n'ai-je pas ce fameux moment d'absence ? Pourquoi dois-je assister à tout ça ? Pourquoi est-ce que je ne me souviens de rien la plupart du temps et que je ne vis que de manière épisodique ?

Je m'agite avec une énergie désespérée, mon corps frappant contre les parois du panier dans un effort pour échapper à cette cage qui me retient captif. Mais leur décision semble irrévocable. « Il suffit d'une simple décision, et tu seras dehors », dit-elle avec une froideur qui me glace le sang. Les mots résonnent en moi, déclenchant une série de pensées en cascade, des souvenirs fragmentés de mes existences passées et présentes. Chaque transition me rappelle que je suis à la merci de ceux qui m'entourent, sans contrôle, sans pouvoir réel sur mon destin.

Ce qui me désole le plus dans cette situation, c'est mon manque de contrôle. Je n'ai pas le choix ; je sais que la seule solution est de faire la paix avec eux. C'est probablement le seul moyen de comprendre et de pouvoir avancer. Être dans cet endroit, dans ce corps, dans cette vie ne me convient absolument pas.

CHAPITRE 3 : INSPECTEUR JACQUET

Je suis assis à mon bureau, un dossier ouvert devant moi. Les lettres retrouvées sur les corps sont éparpillées sous la lumière crue de la lampe. Deux d'entre elles sont signées par le « Gardien », mais celle du docteur Trian ne correspond pas du tout au même style. Pourtant, quelque chose me taraude. Et si tout cela était lié ? Même les parents de la victime sont morts de façon suspecte.

Je jette un regard par la fenêtre. Les nuages sombres couvrent la ville, et le clocher de l'église disparaît dans ce décor hivernal qui pèse lourdement sur mes épaules. Je serre les poings. Tout ne tient qu'à un fil, mais je n'arrive pas à trouver l'extrémité pour démêler cette bobine. Je consulte ma montre : sept heures trente. Depuis plus de deux heures, ce puzzle s'étale devant moi, immobile, implacable. Je n'ai pas bougé une seule pièce.

Je me lève pour me servir une tasse de café. Le commissariat est pratiquement désert. Un silence pesant règne, comme une couverture froide. J'ai envie de hurler. Je DOIS résoudre cette enquête, c'est ma seule porte de sortie. Si je réussis, je pourrai enfin demander ma mutation et devenir un vrai flic. Un vrai de vrai.

J'ouvre la porte du commissariat. L'air frais me frappe comme une gifle glaciale, me coupant le souffle. Mais je dois admettre que cela me réveille. J'inspire profondément, le regard fixé sur l'horizon, les pensées encore embrouillées par ce maudit dossier.

Chaque indice s'entrechoque dans ma tête, mais le puzzle refuse obstinément de se dévoiler. Un frisson me parcourt l'échine. Je sens que quelque chose approche.

Je me retourne brusquement. Un homme se tient devant moi, ni vieux ni jeune. Son apparence ordinaire pourrait presque le rendre insignifiant, s'il n'avait pas dans le regard une lueur malsaine qui distord son visage. Il me fixe intensément. Je ressens un malaise qui me pousse à me redresser, à gonfler le torse pour masquer ma nervosité. D'une voix sèche, je lui demande :

– Je peux vous aider ? Le commissariat n'ouvre que dans trente minutes.

Son sourire étrange et son regard perçant accentuent ma gêne.

– Désolé, inspecteur, je ne voulais pas vous effrayer.

– Vous ne me faites pas peur ! Que puis-je faire pour vous ?

– Pour moi, rien. Je souhaite simplement prendre de vos nouvelles et savoir comment vous allez.

– On se connaît ?

– Vous, non.

Sa réponse m'irrite, et sa présence oppressante commence à me taper sur les nerfs.

– Je n'aime pas votre attitude, dis-je en haussant la voix. Que puis-je faire pour vous ? Je vous le demande une dernière fois.

Un rictus s'étire sur ses lèvres alors qu'il répond d'un ton posé :

– Vous, rien. Mais moi, je pourrais vous aider dans votre quête de vérité. Accordez-moi cinq minutes pour vous expliquer pourquoi je suis ici, et ensuite, vous déciderez si cela en vaut la peine.

Ses mots me glacent le sang. Mon instinct me dit que cet homme n'a rien d'anodin. Je garde mes poings serrés et le fixe un instant, pesant soigneusement mes options. Puis je hoche la tête lentement.

– D'accord, cinq minutes.

L'homme avance alors d'un pas, ses yeux rivés aux miens.

- Suivez-moi, je vous offre un café, c'est ce que vous vouliez faire si je ne me trompe ?

Pendant les quelques mètres qui me séparent du café du coin, aucun mot ne traverse nos lèvres. Je pousse la porte, hoche la tête vers Jacques, le tenancier. Je le connais depuis des années, sans pour autant le considérer comme un ami. Dès que j'en ai l'occasion, je me réfugie dans son établissement pour un café. L'endroit évoque une autre époque : la décoration fanée et la musique sur le jukebox nous ramènent aux années quatre-vingt, du moins d'après ce que j'en connais grâce aux films et aux photos.

Je choisis toujours la même table, celle près de la fenêtre qui me permet d'observer l'entrée du commissariat. Jacques s'avance vers nous avec deux cafés serrés, et l'homme en face de moi continue de me fixer, ses yeux perçants trahissant une insistance inquiétante. Ses mains, jointes sur la table, ne bougent pas d'un pouce.

C'est à mon tour de parler.

– Bon, je vous ai suivi. Vos cinq minutes ont commencé depuis que les cafés ont été servis. Est-ce clair ?

Ses yeux se plissent, tandis qu'une étrange sérénité émane de son expression.

– Bien sûr. Mais je sais que quand je commencerai à parler, vous ne pourrez plus m'arrêter. Ce que je vais vous révéler dépasse de loin tout ce que vous pouvez imaginer.

Le silence s'installe, lourd et oppressant, alors que le parfum du café s'attarde dans l'air. Jacques s'éloigne en jetant un coup d'œil inquiet vers notre table. Le regard de mon interlocuteur s'intensifie, et une sueur froide me traverse complètement.

– Ce que je m'apprête à vous raconter, comme je vous l'ai dit, va complètement chambouler votre perception du monde.

Je le regarde, sceptique.

– OK ! j'ai tiré le gros lot, je suis tombé sur un fou.

L'homme incline la tête, une aura troublante illuminant brièvement son visage.

– Vous voulez des preuves de ce que j'avance ?

– Allez, faites-moi rire !

Il se penche légèrement en avant, la lumière tamisée du café jetant des ombres étranges sur les murs de la pièce.

– Vous vous nommez Alain Jacquet. Vos parents, David et Marie, se sont rencontrés lors de vacances dans un camping. Votre sœur, Aline, est morte à trois ans. Vous avez décidé de devenir policier parce que, adolescent, vous idolâtriez Maigret, Poirot et Sherlock. Vous attendez patiemment « l'affaire » qui vous propulsera au sein de la judiciaire. Et peut-être que cette affaire… c'est celle-ci. Pour le moment, cela vous convient, ou vous voulez que j'arrête ?

Sa voix est basse, presque un murmure, mais chaque mot résonne avec une clarté terrifiante. Il me fixe, ses yeux semblant fouiller au plus profond de mon âme.

Je reste là, figé, le cœur battant à tout rompre, une sueur froide coulant le long de ma nuque. Comment peut-il savoir tout cela ? Qui est cet homme ? Et que sait-il exactement de l'affaire qui me tient tant à cœur ?

La suite de son récit ressemblait davantage à un film de science-fiction qu'à la réalité. Ce qui me troublait, c'était la précision des faits et des personnages. Il semblait connaître toute l'histoire du début à la fin, jusque dans les moindres détails. Même le message trouvé sur le corps du commissaire ne lui échappait pas. Je le laissai terminer son récit, qui dura bien plus que les cinq minutes allouées. Un calme religieux s'installa une fois qu'il eut fini. Nous nous fixâmes en silence, et je compris qu'il attendait quelque chose de moi — un geste, une parole. Je repassai en tête tout ce qu'il m'avait dit, essayant d'en faire une synthèse.

« Donc, en résumé, dites-moi si je me trompe : Lisa Gevart a été transmutée dans le corps du chat domestique. Un certain Arnaud, que je n'ai jamais entendu mentionner, serait une sorte de portail entre deux mondes. La femme qui accompagne le mari de la défunte serait une voyante, la seule capable de communiquer avec l'esprit dans le chat. »

– En quelques mots, oui.

– Même dans un film, ça ne tiendrait pas la route.

– Vous n'avez qu'à aller voir par vous-même.

– Aller voir où ?

– Dans la maison où tout a commencé.

– Bien sûr, je vais frapper à leur porte et leur dire quoi ? « Bonjour, je viens parler à votre femme décédée, dont l'esprit habite maintenant le corps du chat. »

– En quelque sorte, oui. Mais vous êtes le flic, vous saurez inventer quelque chose.

– C'est du délire, votre truc.

– C'est à vous de voir. N'oubliez pas que le gardien se tient près de la porte, et que la libération est proche.

Il acheva sa phrase, se leva, me salua d'un signe de tête, puis s'en alla.

Je ne sais absolument pas quoi faire ni quoi penser. Je ne peux m'imaginer dire au mari de la défunte : « Bonjour, cela va vous sembler fou mais je sais pour le chat, la médium et tout le reste ! » Je regarde ma tasse de café avec un sourire désabusé.

CHAPITRE 4 : VALERIE

Je ne suis pas vraiment fière d'avoir enfermé le chat dans un panier, mais si je veux vraiment en finir avec cette histoire, nous ne pouvons faire autrement. L'ombre qui envahit la pièce alourdit l'atmosphère, intensifiant la culpabilité qui me ronge.

Egon est perturbé, je le vois bien. Il tourne en rond, ses yeux fuyants et son front plissé trahissent son agitation, surtout que nous avons fait cela juste après avoir fait l'amour. Ce moment de grâce aurait pu durer, si elle n'avait pas débarqué dans la maison pour tout gâcher.

Egon marche nerveusement, les planches grincent sous ses pas. J'essaie de le calmer, mais rien n'y fait. Finalement, il s'immobilise brusquement face à moi, son regard intense et troublé plongé dans le mien.

Puis, d'une voix calme, presque glaciale, il demande :

– Et le fameux rituel que tu devais faire, tu ne peux pas le réaliser maintenant ?

Sa question me prend par surprise. Je lui en avais parlé vaguement, sans trop y croire, et il n'avait pas relevé ce fait à l'époque.

– Oui, mais la bonne date est demain soir.

Il me fixe, ses yeux brillent d'une lueur inquiète.

– On ne va pas la laisser enfermée dans le panier aussi longtemps ?

La situation est critique. Mon esprit se met à tourner à vide, chaque pensée se dérobant comme une ombre insaisissable. C'est toujours dans ces moments-là que la moindre connaissance s'évapore comme neige au soleil. Je bondis de ma place et commence à faire les cents pas, la tension étreignant mon ventre.

– Réfléchis, Valérie, réfléchis ! Tu en es capable, c'est ton boulot, non? Ces phrases se répètent en boucle dans ma tête, comme une litanie désespérée. Mais c'est le vide complet. Mon cerveau est en mode off. Egon attend de moi une solution miracle, et cette pression me crispe encore plus. Mon cerveau bouillonne, les pensées se bousculent sans ordre.

Artémis, Lisa, paniers… pouvoir lui parler, à Lisa, bien sûr, et non au chat. Cette phrase résonne dans ma tête, il y a quelque chose. Je fixe une photo sur le meuble, une image que je n'avais pas remarquée jusqu'à présent. Et soudain, le déclic. Le franc tombe enfin. Bien sûr, je m'y prends à l'envers. Ce n'est pas en Lisa que je dois entrer, mais bien dans le chat.

Une fois que j'ai compris que je m'étais trompée depuis le début sur la manière de préparer la cérémonie de décorporation, un sentiment de panique m'envahit. Et si j'avais causé plus de mal que de bien ? J'explique brièvement mon raisonnement à Egon, qui m'écoute sans dire un mot, son regard impénétrable.

Lorsque je termine ma phrase, je me dirige d'un pas décidé vers la chambre où Lisa est enfermée. La porte est doublement verrouillée, mais ce qui m'obsède désormais, c'est d'entrer en contact avec elle, d'infiltrer son esprit. C'est la même technique que j'avais utilisée avec Egon au restaurant, sauf que cette fois, c'est moi qui prendrais le produit. Avant qu'il ne fasse effet, je me concentrerai intensément pour établir la connexion avec le chat et Lisa.

Je ne suis pas certaine de la réussite de cette opération audacieuse, mais au moins j'aurai le mérite d'avoir essayé.

– Laisse-moi dix minutes pour me préparer. Fais-moi confiance, je t'en prie. Mes mains tremblent, mon cœur martèle ma poitrine. Je dois absolument me calmer. Egon s'approche, ses yeux brûlant d'une intensité que je n'avais jamais vue. Il m'embrasse avec une tendresse qui me bouleverse.

Sa réponse, murmurée contre mes lèvres, pénètre mon être comme un baume apaisant.

– Je t'aime.

CHAPITRE 5 : MIGUEL

Je vais enfin pouvoir sortir de l'hôpital. Comme je ne représente plus aucun risque, ils me permettent de quitter ma chambre pour laisser la place à d'autres vrais malades qui ont vraiment besoin de soins. Voilà, en quelques mots, ce que l'infirmière m'a dit avec son air pincé.

Je prépare mes affaires, en fait, je n'ai pas grand-chose à préparer, mais je suis pressé de quitter cet endroit. L'ordre du médecin m'a été donné, j'ouvre la porte doucement comme pour ne pas faire de bruit. Un peu comme une évasion.

Je n'avais pas jugé nécessaire de prévenir Egon de ma sortie. À quoi bon ? Il est submergé par des affaires bien plus graves et pressantes que les errances mélancoliques de son ami qui a flirté, l'espace d'un instant fugace, avec l'idée du néant. Le couloir de l'hôpital semblait interminable, chaque pas résonnait comme un adieu murmuré à ces murs imprégnés de désespoirs et de petites victoires. Lorsqu'enfin je franchis le seuil de la porte principale, un souffle de liberté m'envahit, pur et vivifiant, contrastant cruellement avec l'atmosphère stérile que je laissais derrière moi.

Le trottoir devant l'hôpital s'étendait sous un ciel gris, reflet de mon état d'esprit. Face à moi, un homme me fixait avec intensité. Mon cœur a raté un battement le temps que mes souvenirs se mettent en place, assemblant lentement les pièces de l'échiquier pour identifier l'inspecteur Jacquet. Il s'avançait vers moi avec un grand sourire qui se voulait rassurant, sa démarche assurée trahissant une confiance en soi que je ne pouvais qu'envier. L'homme avait cette assurance des jeunes loups prêts à conquérir le monde, un monde qui, ironiquement, m'avait presque englouti.

Dommage que l'inspecteur Jacquet ne soit pas plus âgé, et surtout qu'il ne s'intéresse pas aux hommes… car, franchement, dans un autre temps, dans une autre vie où la douleur ne serait pas mon quotidien, j'aurais bien fait de lui mon repas de quatre heures. Ce moment fugace d'amusement à imaginer ce qui aurait pu être me ramène à la réalité plus crue de ce qui est. Jacquet s'arrête devant moi, et son sourire s'élargit, ignorant les tumultes qui me déchirent.

– Vous voilà enfin dehors, comment vous sentez-vous ?
Sa voix, empreinte de sincérité, tente de percer la brume de ma mélancolie.

– Comme un fantôme qui apprend à vivre de nouveau, répondis-je avec un demi-sourire. Ne me dites pas que vous êtes venu pour moi.

Il tend la fameuse lettre, celle que j'aurais écrite sans m'en rendre compte. Cette histoire, je l'ai retournée maintes fois dans ma tête. Je reste toujours bloqué au même endroit : moi dans le fauteuil, le miaulement à la fenêtre, puis le noir complet. Je le regarde sans savoir quoi dire. Je n'ai même pas envie de la prendre en main. C'est lui qui brise le silence en la remettant dans sa poche.

– Je me suis permis de l'analyser. À mes heures perdues, je fais un peu de graphologie, un passe-temps durant mes années d'études. Il est certain que votre lettre est de votre main, car votre écriture est presque identique, mais elle contient quelques bizarreries.

– Des discordances !

– Oui, c'est ça. Je ne trouvais plus le mot. Donc, pour en revenir à cette lettre, elle est bien de votre écriture.

– N'oubliez pas que j'étais sous l'emprise de l'alcool et de médicaments.

– Vous confirmez que c'est vous alors ?

– Non, j'énumère les faits.

– Même avec ce que vous me dites, il faut que je vous explique mon point de vue sur cette affaire, et celle de votre ami, qui me semble étroitement liée.

Je reste sans voix. Soit ce flic est complètement fou, soit il est au courant de certaines choses qui me sont totalement inconnues. Comment faire le rapprochement entre Egon, la mort de Lisa et ma prétendue tentative de suicide ?

CHAPITRE 6 : INSPECTEUR JACQUET

Je ne vais pas vous refaire la scène de ma rencontre avec le docteur Trian. Je veux juste commencer à vous expliquer ma démarche. Après ma discussion avec l'inconnu dans le café, je suis retourné à mon bureau. Toute cette conversation m'avait, je dois l'avouer, intrigué et remis en doute toutes mes certitudes. Mais revenons un peu en arrière.

Je rentre dans mon bureau, le dossier est ouvert sur ma table. Je ne me rappelle pas l'avoir laissé comme ça et, comme je vous l'ai dit, nous sommes dans une petite ville où nous ne sommes plus vraiment nombreux à travailler ici. Le bureau est encombré de piles de dossiers, d'une lampe ancienne et d'un téléphone à cadran. La lumière tamisée de la fin d'après-midi filtre à travers les stores, ajoutant une ambiance mystérieuse. Je m'approche du dossier, une feuille est mise en évidence. Un papier ordinaire, tapé à la machine à écrire, une relique du temps jadis. La feuille que je fixe donne l'impression que les caractères qui sont posés dessus dansent comme des ballerines. Les lettres se mélangent. Je frotte mes yeux, d'accord, je manque de sommeil, mais pas au point d'avoir des hallucinations.

Je tape sur la feuille comme si je voulais remettre de l'ordre dans tout cela, les lettres apeurées courent se mettre en place. Je saisis la feuille, plus rien ne bouge. La première ligne qui me saute aux yeux, c'est la signature. Je regarde à deux fois, ce n'est pas possible. Ma main tremblante ne me permet pas de visualiser le reste du contenu. Tout se chamboule en moi. Je m'assois à mon bureau, prends une grande inspiration et essaie de retrouver mon calme.

Mon cher Alain,

Comme je te l'ai dit ce matin, tu es loin de la vérité. Maintenant, rien ne t'oblige à faire des recherches, mais si tu veux connaître la vérité et non ta vérité, cherche parmi tous les protagonistes de cette histoire. Le fil te conduira à la sortie. Fais attention aux apparences, elles sont souvent trompeuses.

Le gardien du labyrinthe.

Le message est signé « Le gardien du labyrinthe ». Les mots résonnent dans ma tête, amplifiant mon inquiétude. Qui pouvait bien être ce mystérieux gardien ? Pourquoi ce message maintenant ? Je savais que je devais chercher des réponses, mais où commencer ? Mon esprit embrouillé cherchait des pistes, des indices laissés par ce gardien.

Je replie la feuille et la range soigneusement dans le dossier. Il est temps de suivre ce fil, de dénouer ce labyrinthe. Mes certitudes avaient été ébranlées, mais ma détermination, elle, ne faiblissait pas.

Je décide par un éclair de génie d'essayer de regrouper tout le monde et essayer d'avoir une conversation pour tenter de dénouer le fin fond de l'histoire.

Une fois que j'ai expliqué au docteur Tran mon point de vue et ce que je compte faire, je vois bien que son regard est plein de points d'interrogation, sans la moindre lueur d'espoir. Il me prend sûrement pour un demeuré, mais j'ai l'avantage d'être flic et de mener une enquête. Donc, même si mes propos lui semblent complètement dérisoires, il est quand même obligé, si je peux dire, de me suivre dans mes délires.

Nous sommes maintenant tous les deux dans la voiture, il est assis à côté de moi, fixant un point imaginaire droit devant lui. Il n'a pas dit un mot depuis que je conduis. De toute façon, qu'aurait-il pu dire ? Nous avons une bonne demi-heure avant d'arriver. Tantôt, j'ai menti lorsque j'ai dit qu'il n'avait pas parlé. Il m'a juste demandé si l'on pouvait faire un crochet par chez lui pour qu'il puisse prendre une douche et se changer. Dans mon infinie bonté, je n'ai bien sûr pas refusé cette requête.

Cela me laissera un peu de temps pour mettre en place mon projet. Ce n'est pas que je me lance à l'aveuglette, mais les événements de ce matin ont brouillé ma compréhension de cette affaire.

Je tente une approche et je lui pose une question directement, afin de voir sa réaction.

– Vous croyez à la vie après la mort ?

Sa surprise est totale ; c'était sûrement le genre de question qu'il ne s'attendait pas à entendre sortir de ma bouche.

– C'est une question plutôt étrange, et je ne sais pas pourquoi vous la posez.

– C'est juste pour détendre l'atmosphère. Et comme vous êtes un scientifique, vous devez sûrement avoir un avis bien tranché.

Je vois qu'il se détend un peu, sûrement dû au fait que je pose une question au professionnel et non au suspect.

– La question est assez vaste. Mais à titre personnel, je suis persuadé que notre vie terrestre n'est qu'un passage. J'ai toujours eu l'impression que notre vie est comme une peine de prison ou une sorte de rite de passage, et que notre période de vie ainsi que notre façon de mourir sont liées à la sentence que nous devons accomplir.

– Ah OK ! je ne m'attendais pas à ce genre de réponse.

– Vous vous attendiez à quoi ?

– On vit, on meurt, on perpétue la race humaine et c'est tout.

– Non, ça, ce sont les croyances scientifiques de nos grands-pères, bien que beaucoup de gens continuent malheureusement à y croire.

– Et est-ce que vous pensez que quelqu'un de mort puisse voyager ou aller dans un autre corps ?

– La réincarnation, vous voulez dire ?

– Non, je dirais plutôt comme un voyage d'un corps à un autre.

– Un cas de possession ?

– Non, je vous explique. Admettons que nous ayons un accident de voiture maintenant.

– Charmant.

– Et que l'un de nous deux vienne à mourir et que l'autre tombe dans le coma ou soit inconscient quelques secondes.

– De mieux en mieux.

– Pensez-vous que celui qui est en train de mourir puisse, par je ne sais quel miracle, se projeter dans le corps de la personne inconsciente ?

– Mon Dieu, vous êtes en plein roman de science-fiction. Franchement, je n'en sais rien. Il faudrait que la fenêtre entre le moment où l'un des deux meurt et l'autre tombe dans le coma soit d'une synchronisation parfaite. Maintenant, vous dire si cela est possible ou non, je n'en sais rien, mais pourquoi pas ? Cela n'est pas plus idiot que ma théorie de la prison.

– Donc, cela est pour vous une éventualité de l'ordre du possible ?

– Oui, il faudrait un instant X précis, mais ce n'est pas impossible.

Nous arrivons en face de sa maison. Il ouvre la porte de la voiture, descend, se retourne dans ma direction.

– Vous n'allez pas m'attendre dans la voiture, venez à l'intérieur.

CHAPITRE 7 : ARNAUD.

Les pièces de l'échiquier se mettent lentement mais sûrement en place. Je crois que tout cela va être une belle partie. Maintenant, quelle pièce vais-je sacrifier ? Ça, je ne vous le dis pas. Mais c'est obligé. L'une d'entre elles doit disparaître. Vous pensez que c'est cruel, mais moi, je vous répondrais simplement que c'est la vie. C'est votre vie. Vous vous pensez immortels, mais réveillez-vous, pauvre vieille chose inutile. Vous n'êtes rien, que ce soit ici ou dans le futur. Je suis assis dans mon fauteuil et je les observe se débattre. Ce ne sont que des Don Quichotte. Leurs quêtes de gloire ne sont que grains de sable. Mais alors, quelle pièce vais-je pouvoir sacrifier ? Faisons le point. Ça ira vite, il n'en reste plus que cinq.

Bon, le premier, Egon, le fameux Egon. Le sacrifier ne serait pas vraiment un coup de maître. Je ne vais pas dire qu'il est le roi sur l'échiquier, mais il est la pièce qui s'en rapproche le plus dans cette histoire. Maintenant, parlons de Valérie. Elle, je la considérais comme étant la tour. Utile lorsque l'on sait l'employer, mais elle pourrait être sacrifiée, tout comme le fameux Miguel. Je le compare au cavalier. Il n'est pas vraiment la pièce la plus importante, mais peut surprendre par ses coups tordus. J'ai essayé de l'éliminer, mais je m'y suis repris et je lui ai donné une chance de prouver sa valeur. Le pion, je le visualise comme l'inspecteur. Quant au commissaire, j'ai déjà réussi à nettoyer l'échiquier en éliminant un. Le petit inspecteur, je l'aime bien. Il me fait rire avec ses certitudes provisoires et éphémères. Mais il ne faut pas qu'il me fatigue trop vite, car le nettoyage commence toujours par le vide.

Et maintenant, parlons de la plus belle, de la reine du plateau. Lisa, ma petite Lisa. Dire que je t'ai connue si jeune, si fraîche, et regarde ce que tu es devenue : un déchet. Je n'avais vraiment pas le choix. Il fallait te sacrifier pour que la partie commence, car depuis la nuit des temps, tu n'es qu'un coup dans cette partie. Non, maintenant, je ne sais pas pourquoi ça a foiré à un certain moment et pourquoi tu t'es retrouvée dans ce corps de chat. Mais heureusement que tu n'y es pas présente tout le temps. Enfin non, pas heureusement, car j'aurais pu terminer le travail. C'est ta fluctuation d'apparition qui m'a perturbé, mais rassure-toi, les journaux sont remplis de faits divers, surtout de chats écrasés.

Mais vous vous demandez quelle sera la suite des événements, n'est-ce pas ? Vous ne pensez tout de même pas que je vais dévoiler mon plan d'action. Ce que je sais, ou plutôt ce que je ressens, c'est que toutes les pièces se mettent en place sur l'échiquier. Nous serons tous réunis au même endroit et alors, ce sera enfin le bouquet final. Je suis impatient de pouvoir enfin révéler mon jeu ; je ne me suis pas amusé ainsi depuis des siècles.

Si je me rappelle bien, c'était ce que vous avez appelé le massacre de la Saint-Barthélemy. Un jour d'août, le 24, en 1572.

Mon terrain de jeu était Paris, et mes pions étaient des catholiques et des protestants. Une belle partie, un beau massacre. Vous, les humains, êtes tellement ridicules de vous battre pour une croyance. Vous êtes persuadés que votre dieu est meilleur que celui de votre voisin, prêts à vous tuer à la moindre occasion. Mais si vous saviez la vérité, pauvres sots que vous êtes. Si seulement vous compreniez l'envers du décor, vous réaliseriez combien vous êtes loin de la vérité. La bêtise humaine m'a toujours désespéré. C'est pourquoi je prends mon travail tellement à cœur. Si cela ne tenait qu'à moi, il y a longtemps que j'aurais éliminé votre espèce et laissé le règne animal prendre le dessus. Mais malheureusement, j'ai des ordres, des consignes. Je ne peux pas faire ce que je veux.

Mais je vous assure, je ne vais pas me plaindre. Peu d'entre nous peuvent se targuer d'avoir droit à un immense plateau de jeu grandeur nature. Vous, avec vos petites consoles, vous vous prenez pour les maîtres du monde le temps d'une partie. Moi, ma partie dure depuis des milliers d'années, et vu votre façon de conscientiser le monde, elle n'est pas prête de s'arrêter. En fin de compte, je crois que je vous aime, même si vous êtes sous-développés. Mais je vous aime quand même. Comme un chat aime une souris.

Pourquoi ce satané chat me revient-il à l'esprit ? Je sens la colère monter en moi. Et lorsque je suis en colère, il me faut emporter un de mes pions avec elle. Je réfléchis, je pèse le pour et le contre des différentes options. J'ai encore envie de frapper un grand coup. Un coup de maître. Rien ne m'amuserait plus que de voir et de ressentir la frayeur dans les yeux de mon jouet.

Je sais qui va partir maintenant, mon choix est fait. Il ne m'a pas fallu longtemps pour peser le pour et le contre. Je me demande si vous pensez à la même personne que moi. J'entends déjà vos commentaires, vos suggestions. « Moi, ce sera celui-là. » « Non, moi, celui-ci, car il n'est pas important. » « Je m'en fous, du moment où il ne touche pas à mon personnage préféré. » Il y a tellement de possibilités que je compte les points et je vous laisse la surprise.

Car c'est certain que je pourrais encore changer d'avis, bien que je ne crois pas cela possible. Comme me le disait mon ami Napoléon lors d'un de nos dîners en compagnie de ses sbires : « Impossible n'est pas Français ». Ah, ce Napoléon, lui, je l'aimais bien. Il m'a bien aidé dans mon travail. Grâce à lui, j'ai pu profiter d'un peu de vacances. M'asseoir au bord de la rivière et regarder tous ces corps naviguer vers d'autres rives.

CHAPITRE 8 : INSPECTEUR JACQUET

Rien n'a bougé depuis ma dernière visite. Je regarde le docteur Trian déambuler dans la fameuse pièce où je l'ai retrouvé. Il observe, scrute, s'arrête quelques secondes, puis recommence à fureter. Il me donne l'impression de découvrir la pièce pour la première fois. Pourtant, cette maison est bien la sienne. Je suis à l'entrée de la pièce et je le regarde, il me fait penser à un hamster dans une cage jouant avec sa roue, bien que son visage ne donne vraiment pas l'impression qu'il s'amuse. Il se place devant la fenêtre, bouge un peu le rideau, puis soupire.

– Je ne comprends pas, dit-il.

– Qu'est-ce que vous ne comprenez pas ?

– Ce qui s'est passé. J'essaie de me remémorer la scène, mais c'est le blanc complet, voire le trou noir absolu.

– Malheureusement, je ne peux pas vous aider.

– Je le sais bien, mais que se serait-il passé si vous n'aviez pas débarqué en pleine nuit ?

– Ne parlons pas de ça, le principal c'est que vous êtes vivant.

– Si, justement, parlons de ça. Pourquoi étiez-vous devant chez moi en pleine nuit ? Pourquoi êtes-vous entré chez moi comme ça, comme un voleur ? Vous pouvez m'expliquer ?

Que voulez-vous répondre à cela, franchement ? Il n'y a pas trente-six solutions. Soit, je lui disais la vérité, et que mes soupçons se portaient sur lui, soit je trouvais un mensonge du tonnerre de Dieu. Et par quel miracle, arrivais-je alors à lui faire avaler un bobard monumental ? Mais je dois vous avouer que je ne suis vraiment pas doué pour inventer des histoires rocambolesques.

J'ai aussi la possibilité de fuir, mais en aucun cas cela ne m'arrange. J'ai besoin de lui pour pouvoir aller voir le mari de la victime. Je crois que la meilleure solution, c'est de tout lui raconter depuis le début et advienne ce qui devra arriver. Je prends une grande inspiration. J'ai confiance en lui… enfin, maintenant j'ai confiance. Après être passé du statut de suspect à celui de presque ami, disons que nous nous en rapprochons un peu.

– Je vais vous expliquer, mais je vous demande une seule chose : écoutez-moi sans m'interrompre. Si vous avez des questions, posez-les après m'avoir écouté.

– Euh, oui, mais vous m'inquiétez là.

– Si vous le voulez bien, assoyons-nous. Vous sortez de l'hôpital et mon récit risque d'être un peu long ; je n'ai pas envie que vous tombiez dans les pommes.

Je lui ai tout raconté, j'ai commencé, d'abord à lui parler un peu de moi, de mon passé, de mon parcours, puis j'ai bifurqué sur le crime, le commissaire et son accident. Après j'ai bien dû entrer dans le vif du sujet, lorsque j'ai émis l'hypothèse que mon premier suspect avait été lui, il n'a pas bronché, il n'a même pas bougé un cil. Il est resté de marbre. Il a juste émis un petit froncement de sourcils lorsque j'ai commencé à parler des lettres retrouvées et de ma rencontre avec l'inconnu.

Lorsque j'ai terminé tout mon laïus, j'avais la gorge sèche et l'impression d'avoir couru un marathon. Lui, il est resté quelques secondes à me fixer. Puis, d'un bond, il s'est levé et m'a proposé un café ou quelque chose de plus fort. Là, c'est moi qui suis resté comme deux ronds de flan, un peu bête, si vous préférez. J'ai répondu par l'affirmative pour un verre d'eau. Il a continué lentement vers le robinet et m'a servi un grand verre. Celui-là, je l'ai bu d'une traite. Ma gorge était comme remplie de sable et, au fur et à mesure que le liquide glissait le long de ma paroi, cette sensation devenait de plus en plus forte et désagréable. Je fixai le docteur Tran avec un regard plein d'incompréhension. Lui, il continua à me fixer ; je crois même qu'un léger sourire se dessina sur son visage.

– C'est quand même dommage que l'on ne puisse jamais faire confiance à un mortel.

J'étais incapable de répondre, les phrases se construisaient dans mon cerveau, les mots eux étaient sur le bord de mes lèvres, mais même la bouche ouverte, aucun son ne sortait.

- Je sais ce que vous pensez, mais je vous rassure, vous ne souffrirez pas.

CHAPITRE 9 : ARNAUD - MIGUEL

Bon, je suppose que vous avez deviné que j'ai pris possession de ce brave docteur. C'est toujours plus facile avec les êtres faibles ou ceux qui ont frôlé la mort. Sa pseudotentative de suicide, c'est moi qui en suis à l'origine. J'aurais réussi à mes fins si ce satané chat, alias Lisa, n'avait pas surgi de nulle part. Je sais, cela semble confus.

Aujourd'hui, j'ai réussi à entrer dans le corps du docteur quand celui-ci est sorti de l'hôpital. Il ne m'a fallu qu'une petite brèche pour m'y engouffrer. Cette opportunité m'a été offerte par la surprise que l'inspecteur a provoquée en tombant nez à nez avec lui. Le reste n'a été qu'un jeu d'enfant. Je continue à jouer ma partie d'échecs grandeur nature.

Je le regarde, il souffre. Pas encore assez pour passer de l'autre côté, mais juste ce qu'il faut pour être comme un funambule, prêt à tomber tellement la corde est tendue.

– Vous m'avez déçu, inspecteur, franchement, vous m'avez énormément déçu. Vous étiez, il me semble, censé résoudre cette histoire seul et qu'est-ce que je vois ? Vous prenez le premier prétexte pour vous confier à un inconnu. Je m'attendais à beaucoup de choses, mais, je dois vous avouer que là, vous m'avez devancé.

Cela m'amuse de voir le regard terrifié de l'inspecteur. La peur dans les yeux des autres éveille en moi un désir presque sexuel.

Il se lève d'un bond, mais la tête lui tourne et il doit se tenir au rebord de la table.

– Je vous propose un marché : si vous voulez vivre, aidez-moi à éliminer ce foutu chat.

…

– Vous ne répondez pas, mais c'est vrai, vous ne savez plus parler. Si vous avez encore assez de force, clignez deux fois des yeux pour que je vous libère. Si vous n'y parvenez pas, ce sera dommage pour vous, mais la partie de jeu s'arrêtera par un cuisant échec et mat.

Je le fixe, mais je vois dans son regard qu'une dualité s'opère. Que va-t-il décider ? J'ai tendance à penser qu'il est tellement fier qu'il préférerait sacrifier sa propre vie pour sauver l'honneur. Mais quelle horreur ! Comment vous, les humains, pouvez-vous être aussi stupides ? Vous pensez vraiment qu'agir de la sorte va vous faire gagner des points pour aller dans un pseudo-paradis, mais vous vous trompez complètement. Le paradis et l'enfer sont des concepts inventés par l'homme juste pour l'attrait du gain. Sachez une chose : lorsque vous mourrez, vous irez… Ho, et puis non, je vous laisse la surprise. Je ne vais pas gâcher la fête qui vous est réservée, mais sachez une chose : vous ne serez pas déçus du voyage, et moi non plus.

Je continue à le fixer et je compte dans ma tête jusqu'à cinq. À ma grande surprise, je le vois cligner des yeux rapidement. Rien que pour le jeu, je lui repose la question, et il me réitère sa réponse. Je suis un peu déçu, mais bon, les règles sont les règles. Je pose le bout de mon index sur le bord de ses lèvres, et l'effet du poison commence à s'estomper. Ses yeux sont remplis de terreur. Ses joues sont rouges et son front perle comme une fenêtre lors d'une pluie d'automne.

– Mais vous êtes complètement ravagé.

– Pourquoi me jugez-vous comme ça ? Je suis un peu déçu de votre raisonnement.

– Vous avez essayé de me tuer !

– Tout de suite les gros mots. Non, je vous ai mis à l'épreuve, c'est tout.

– Mais qui êtes-vous ?

– Vous le dire ne servira à rien, car d'ici cinq minutes, tout ce que vous venez de vivre sera effacé de votre mémoire. Pour vous, je serai toujours ce brave docteur Trian.

La terreur mélangée à une incompréhension totale est vraiment le bonheur ultime. Je suis un peu triste de devoir abandonner la carcasse du toubib et surtout d'effacer la mémoire de ce grand échalas d'inspecteur.

Je fixe une dernière fois l'inspecteur et d'un claquement de doigts, je fais disparaître tous les souvenirs me concernant. Il est assis, assez surpris de se voir dans cette position. Moi, je reste quelques secondes pour contempler la scène. Mais je comprends que je dois quitter ce corps, je me suis bien amusé, mais maintenant les choses sérieuses vont commencer.

CHAPITRE 10 : EGON

C'est vrai que cette sensation d'amour, je ne l'avais plus ressentie depuis des siècles. Mais pour le moment, ce n'est pas vraiment ce qui importe. Bien que, si la situation était différente, c'est clair que je serais sur un petit nuage. Les miaulements incessants de Lisa, ou plutôt d'Artémis, me coupent un peu cet état de grâce. Je la comprends : cela fait plus de dix minutes qu'elle est enfermée dans une malle. Ce pauvre chat. Car oui, même si j'ai une totale confiance en Valérie, j'ai vraiment du mal à concevoir que Lisa se trouve enfermée dans ce petit corps. Mais tellement de choses, depuis le début de cette histoire, sont venues perturber mes convictions que je ne peux faire autrement que d'accepter cette hypothèse comme étant réelle.

Je tourne en rond, un peu comme un lion en cage. Valérie s'est absentée depuis plus de cinq minutes, mais ces cinq minutes me paraissent interminables. J'entends du bruit venant de la salle de bain, et je m'imagine plein de choses, même les plus farfelues. La porte s'ouvre doucement. Je ne sais pas ce qu'elle est allée faire, car elle revient vers moi exactement comme elle était partie. Je m'attendais sûrement à la voir sortir dans un habit d'apparat, une longue toge avec de l'encens embaumant toute la maison. Non, elle revient simplement avec une petite fiole dans une main et son gros sac dans l'autre. Elle me semble juste un peu différente, plus concentrée, son visage paraissant plus dur.

Elle s'approche de moi, esquisse un léger sourire, se mord un peu les lèvres. Je lui propose un verre d'eau, mais elle ne me répond pas ; je ne sais même pas si elle m'a entendu. Son regard plongé dans le mien, ses yeux sont différents, ils m'apaisent énormément. La nervosité que je ressentais se dissipe lentement. Elle me tend la fiole qu'elle tenait dans sa main et dit d'une voix des plus calmes :

« Voilà, tu vas boire cette fiole si tu le désires toujours lorsque je t'aurai raconté ce qui va se passer. Je t'ai promis que je ne te ferais plus le coup que je t'ai fait au café. Ce qui va se passer lorsque tu auras bu ce liquide va te permettre de communiquer avec le chat et Lisa. Au début, cela va peut-être te perturber, mais à partir du moment où tu sais à quoi t'attendre, tu pourras facilement gérer ce qui va se passer. Je sais, cela peut être effrayant, mais c'est le seul moyen que j'ai trouvé pour pouvoir communiquer, comprendre, et savoir ce qui se passe. Si je suis arrivée dans ta vie à ce moment précis, c'est pour une bonne raison. Il y avait combien de chances sur un million pour que l'on se retrouve et surtout que l'on retombe amoureux l'un de l'autre ? J'aurais aimé dans d'autres circonstances, mais ce qui est écrit est écrit, et nul ne peut le modifier. »

Cette phrase me fait tiquer et je me permets de lui couper la parole :

– Donc, si pour toi tout est écrit quelque part, quelqu'un ou quelque chose sait ce qui va arriver ?

– C'est un peu plus compliqué que ça, mais oui, dans ma conception et ma connaissance, c'est comme cela que tout fonctionne.

– Donc, la conclusion de cette affaire est déjà connue, en quelque sorte.

– C'est exact.

– Mais le libre arbitre, tu en fais quoi ?

– Si tu veux, on aura cette conversation après, car le temps presse. Une fois préparé, le produit a une durée déterminée pour qu'il fasse effet.

Je ne réponds rien et hoche la tête pour donner mon approbation.

Valérie reprend son monologue là où elle l'avait laissé, sans être perturbée par mon interruption. En résumé, je sais que je vais vivre quelque chose de très intense et que je ferais bien de me préparer psychologiquement, car le voyage risque d'être assez épique. Je constate que mes mains tremblent un peu. Elle me propose de m'allonger sur le lit. Artémis miaule de plus en plus fort lorsque je pénètre dans la chambre.

– T'inquiète, il va se calmer, me dit Valérie.

Je m'installe sur le lit, essayant de trouver une position confortable, mais la situation ne me permet pas de me détendre complètement. Elle me recouvre avec la housse de couette et passe une main sur mon visage. Je l'entends psalmodier quelque chose, mais je ne comprends pas ce qu'elle dit. Elle ouvre la fiole et verse le contenu dans ma bouche. À ma grande surprise, le goût est assez agréable, légèrement fruité. J'ai donc moins de difficultés à l'avaler. Elle s'allonge à côté de moi et prend dans sa poche une deuxième fiole qu'elle ingurgite d'un coup sec.

– Je t'accompagne. On a commencé cette histoire ensemble, on la termine ensemble aussi.

C'est la dernière chose que j'entends avant de sombrer.

La descente, ou peut-être la montée, je ne sais pas vraiment comment la nommer, est totalement différente de ce que j'ai vécu dans le restaurant. Une sensation étrange, presque irréelle, m'envahit. Être à la fois aspirée et projetée dans ce tunnel crée une expérience unique. Je ne dirai pas que j'ai aimé, mais si la situation n'avait pas été aussi dramatique, cela aurait pu être le meilleur trip de ma vie.

Le brouillard se dissipe lentement. Une silhouette se dessine, familière, mais indistincte. Je murmure : « Valérie, c'est toi ? » Un rire perçant brise le silence. « Ne me dis pas que tu l'as emmenée avec toi ? » Cette voix, je la reconnais malheureusement, le timbre que j'ai fini par haïr. Même si j'ai du mal à l'admettre, je le confesse maintenant : oui, je haïssais ce qu'elle était devenue.

« Tu peux me parler, je ne vais pas te mordre ni te griffer. » Sa voix est aussi tranchante qu'un couteau. Une main se pose doucement sur mon dos, la chaleur de cette paume provoque en moi une étrange sensation. Je sais que Valérie est là. Même si j'ai encore du mal à la reconnaître, je ressens sa présence réconfortante.

Par contre, celle qui me fait face, je ressens de l'amertume envers elle. Mais ce n'est pas grave, il faut que je prenne sur moi, je dois faire comme si ce n'était qu'un rêve. Le brouillard se dissipe complètement, révélant Lisa, debout, me fixant avec son regard empli de colère. Cette boule d'énergie négative me fait face.

– Tu es venu me dire bonjour, mon cher Egon ?

– Non, je suis venu pour comprendre !

– Comprendre quoi ? Je suis morte, ça ne te suffit pas ? La preuve, tu n'as pas mis longtemps à me remplacer.

– Tu sais bien qu'il n'y avait plus rien entre nous.

– À qui la faute ?

– Tu veux rire ? C'est qui, qui m'a fait vivre un enfer ? C'est qui, qui m'a menti durant des années ? Je ne sais même pas qui tu es. La personne que j'ai aimée, la femme avec qui j'ai vécu, je ne la connais même pas.

– Tout de suite les grands mots. Tu pensais quoi ? Que lorsque nous sommes sortis ensemble pour la première fois, j'allais te dire : bonjour, je m'appelle Lisa, je viens de m'enfuir d'un asile parce que j'ai eu une relation amoureuse avec un fantôme ou un esprit qui m'a contrôlée. Tu veux bien sortir avec moi ? C'est vrai que c'était une bonne entrée en matière pour créer une relation.

– J'aurais peut-être pu t'aider.

– M'aider à quoi ? Personne n'a pu m'aider.

– Mais pour ta mort…

– Tu parles de mon meurtre ?

– Oui !

– C'est bien plus compliqué que tu ne le crois. Ma mémoire n'est pas claire. Je me souviens de plus en plus de mon passé, mais pas de mon dernier jour.

– Et comment as-tu réussi à te retrouver dans le corps d'Artémis ?

– Là aussi, c'est une énigme complexe et incompréhensible pour moi. Mais tu peux le demander à ta nouvelle femme.

– Laisse Valérie en dehors de ça !

– Oh, c'est mignon, on protège sa petite chose !

– N'oublie pas que c'est toi qui es venue la chercher. Valérie ne souhaite qu'une chose : t'aider à passer de l'autre côté.

– Oui, c'est ça, pour avoir la place complètement libre ! Mais j'irais où si je quitte ce corps, elle peut me le dire ?

– Non, pas du tout. Moi, je ne souhaite qu'une chose : te libérer de ce fardeau.

– Oh, le grand chevalier est de retour. Je n'ai besoin de personne, je sais me débrouiller seule.

– Lisa, bordel, écoute-moi. Tu es morte, tu es dans un corps de chat, tu as menti durant toute ta vie, mais surtout, tu as tué des gens. Tu prends conscience de cela ?

Ma phrase a dû la toucher, car elle semble interloquée par ces derniers mots.

– Mais je n'ai jamais tué quelqu'un moi, qu'est-ce que tu racontes ? dit-elle, la voix tremblante. Je veux bien accepter beaucoup de choses, mais cela, jamais.

– Et tes parents ? répliquai-je, les yeux fixés sur elle.

– D'accord, je t'ai menti. Ils sont toujours vivants, mais avec ce qu'ils m'avaient fait, j'ai voulu couper les ponts, répondit-elle en détournant le regard.

Je ne te parle pas de cela, mais de leur fin après ton enterrement, dis-je d'une voix douce, mes mots chargés de sens.

Lisa se figea, ses yeux s'agrandissant de surprise.

– Ils sont venus à mon enterrement ? Ils sont morts maintenant. Enfin, Egon, qu'est-ce que tu racontes ? Tu essaies quoi ? Sa voix se brisait presque.

Je lui ai raconté tout ce que je savais de cette histoire, ou plutôt, tout ce que je croyais savoir. Ce qui m'a le plus perturbé, c'était qu'elle semblait vraiment sincère dans son ignorance. Elle avait conscience de certains faits concernant les autres acteurs, mais tout le reste lui paraissait flou. Les seuls moments qu'elle vivait pleinement et avec une parfaite lucidité, c'étaient ceux qui me concernaient directement ou qui avaient un rapport avec moi.

- Elle a raison, elle ne ment pas.

Cette voix féminine sortait de nulle part. Je sentis le tressaillement dans la main de Valérie, toujours posée sur mon dos. C'était une voix calme, douce, mais elle dégageait une autorité indéniable. Une ombre s'avança lentement, et une lumière émergea progressivement de sa silhouette.

- Tu ne me reconnais pas ?

- Je devrais ? Je n'ai jamais aimé les devinettes, et la situation était suffisamment tendue pour que cela ne me donne encore moins envie de jouer.

- Bonjour, Egon, bonjour Valérie. Si toi, Egon, je te connais depuis plusieurs années, je suis ravie de mieux faire connaissance avec ton âme sœur.

- Arrêtez ces conneries et dites-nous qui vous êtes et ce que vous nous voulez.

- Bien sûr, mon cher maître. Bien que tu m'aies connu sous une autre forme, nous avons passé de longs moments ensemble. Cela ne te dit toujours rien ?

- Absolument pas.

- Et dire qu'on dit les humains si intelligents… Elle poussa un petit soupir accompagné d'un sourire félin.

- Bon, on arrête ce petit jeu…

- Je suis Artémis, enfin, la forme humaine de ton chat.

SEPTIEME PARTIE

CHAPITRE 1 : ARTEMIS

Je sais que cela peut paraître étrange, mais c'est pourtant réel. Je suis un chat. Intelligent, certes, mais un chat tout de même. Comment est-ce possible qu'un animal prenne une apparence humaine pour pouvoir communiquer avec vous ? Vous devez bien vous rendre compte que toi, mon maître Egon, es sous l'emprise de stupéfiants, ce qui facilite grandement la communication. Car oui, vous les humains, vous êtes trop cérébraux. Vous avez perdu tellement de facultés au fil des années, depuis que vous avez érigé la matière, ce dieu inutile, au rang de suprématie. Vous voulez tout, mais vous ne voulez plus réfléchir. Vous avez perdu le ressenti, l'instinct de survie et la valeur des choses véritables. Alors oui, en ce moment, j'ai pris l'apparence de ce qui vous attire le plus pour avoir la chance de communiquer avec toi.

C'est compliqué, mais tellement simple en même temps. Pourtant, dans son regard, je vois bien qu'il déconnecte complètement.

– Regarde Lisa, elle a mis du temps à m'accepter. Au début, je ne me suis pas manifesté. C'est après que j'ai tenté une approche. Maintenant, te dire comment elle est arrivée dans mon corps, je ne vois absolument pas une seule explication. Mais la chose est telle que ni elle ni moi ne pouvons faire autrement. Mais tu ne dis rien, Egon ni toi, Valérie, qui es plus à même de comprendre cette situation.

La bouche entrouverte de Valérie aurait pu rester ainsi, mais elle a vite repris ses esprits.

– Je comprends bien ce qui se passe, mais il faut admettre que tout cela est perturbant. Nous sommes venus Egon et moi, si je peux le dire ainsi, pour comprendre ce qui s'est passé et surtout essayer de sortir Lisa de cette situation.

– Cela t'arrangerait bien, profiteuse, cracha Lisa avec toute la haine qu'elle pouvait exprimer.

– Lisa, regarde-moi. Je suis Arnaud, tu ne peux pas rester comme ça.

– Je suis d'accord, répondit Egon d'une voix tremblante.

– C'est certain que tu es d'accord avec eux, mais qui se soucie de ce que moi je veux ? Répondit Lisa.

– Lisa, écoute-moi. Tu es morte, et même si nous étions ensemble, tu dois reconnaître que l'on ne partageait plus rien du temps où… lui dit Egon.

- Je sais, lorsque j'étais vivante, je n'avais plus de valeur pour toi ! Et maintenant que je suis morte encore moins ! c'est ça !

Je mets un stop à leurs petites conversations qui, à mon grand regret, ne mènent nulle part. Déjà qu'ils sont tous dans l'esprit du chat par la même occasion du mien, je n'ai pas besoin qu'ils en fassent un champ de bataille. Je suis ouvert à beaucoup de choses, mais il ne faut pas pousser.

– Désolé de briser ces joyeuses retrouvailles, mais si vous voulez aider Lisa à se libérer, il faudrait peut-être revenir à l'essentiel. Si vous trouvez le meurtrier, vous pouvez espérer une libération. Je ne parle pas de certitude, mais bien d'hypothèses que l'on soit bien d'accord.

Tous les trois me fixèrent sans rien dire. Je pu enfin reprendre la parole.

– Puisque je constate que j'ai votre attention, je vais tenter de vous expliquer ce que j'ai vu.

– Tu sais qui m'a tuée ? cria Lisa.

– C'est plus compliqué que ça. Tout d'abord, revenons au début de ce drame et je vous interdis de me couper la parole.

J'étais tranquillement occupé à dormir lorsque je t'ai entendu, toi, Egon, quitter la maison. J'avais tellement de peine pour toi. Lisa te faisait vivre un enfer. Non, ce n'est pas la peine de maugréer, c'est la vérité Lisa. Mais je ne t'en veux pas et Egon ne devrait pas t'en vouloir, car tu étais sous l'emprise de quelque chose de plus fort. J'ai mis du temps à comprendre, je sentais bien qu'il y avait une entité, mais mis à part la ressentir, je ne pouvais pas la voir, jusqu'au jour où tu es morte, Lisa !

J'ai continué ainsi, expliquant ma présence pour tenter d'empêcher l'impensable chaque fois qu'il y avait un mort ou une tentative de meurtre en ce qui concerne Miguel. Je voyais leurs expressions changer au fur et à mesure de mon récit.

– Tu te souviens d'Arnaud, Lisa ? Et toi, le gardien Egon ?

Je voyais à leurs mines défaites qu'effectivement, ils voyaient très bien de qui ou de quoi je leur parlais.

– J'ai l'honneur de vous dire qu'ils sont la même personne. Ou je devrais plutôt dire la même entité. Rien ne les rattache sur cette terre, mais ils ne sont qu'un en réalité. Vous comprenez ce que je veux dire ? Enfin, même si vous ne voyez pas, ce n'est pas grave. Je reviens au fameux jour de ton trépas. Je t'ai vu descendre les escaliers, Lisa, et te diriger vers la cuisine. Ton regard, tes gestes, tout en toi avait changé. C'était ton corps, mais pas ton esprit. J'avais, au fil du temps, eu l'habitude de tes changements d'humeur, mais là, quelque chose d'autre se passait.

Je continue mon récit, prenant quelques secondes avant de révéler à mon assemblée ce qui s'est réellement passé.

– Donc, toi, Lisa, tu étais dans la cuisine, une feuille à la main et un stylo dans l'autre. Soudain, je t'ai vue devenir pâle et te débattre comme une folle. Je t'avoue que j'ai eu peur. Mon instinct m'a poussé à bondir sur toi, car je sentais une menace. Tu m'as projeté au sol, j'ai perdu connaissance et, lorsque je me suis réveillé, tout était fini.

– Mais alors, tu as vu qui a tué Lisa ?

– Oui, enfin non. Le problème, c'est qu'il n'y avait personne. Nous n'étions que tous les deux dans la maison.

CHAPITRE 2 : INSPECTEUR JACQUET.

Il m'a fallu attendre presque une demi-heure pour que Môssieur le docteur Miguel Trian daigne enfin sortir de sa douche. Je peux comprendre qu'après ce qui venait de se passer, il se sente barbouillé, mais moi, qu'est-ce que je devais dire de ce que j'avais subi ? J'ai failli crever, bordel ! Car malgré les promesses de la chose qui a occupé le corps du dr Trian, je me souviens de tout ce qui s'est passé et ce n'est quand même pas rien, surtout ma rencontre avec un fantôme ou un esprit maléfique ou autres trucs qui avait pris la place du bon toubib.

Durant tout le temps qu'il est resté sous la douche, j'ai tenté tant bien que mal de remettre mes idées en place. Mais bon, ce fut plus facile à dire qu'à faire. J'avais l'impression d'être lessivé. Moi aussi, j'aurais bien aimé prendre une douche froide pour essayer de revigorer ce corps meurtri. Cette sensation terrible de vouloir parler, d'ouvrir la bouche et de sentir les mots bloqués, cette horreur à vivre... On a envie de crier sa colère, de se sentir impuissant. J'ai été à la merci de cette chose. Si elle a pu prendre sans souci possession du docteur, cette chose est capable de tout. Je sais maintenant que je dois me méfier de tout le monde et que je ne peux malheureusement pas me laisser tenter par l'idée de trouver un allié. Je ne suis même pas certain de pouvoir me faire confiance.

Vous pensez peut-être que j'exagère, mais je vous assure que sentir la mort de si près ne vous laisse pas indemne. Il faut que j'arrête de ruminer et que j'arrive à mettre mes idées au clair. Ma mission principale est de rassembler tout le monde et d'essayer de contrecarrer le plan de ce taré. Si, il y a quelques jours, on m'avait dit que je vivrais tout cela, je crois bien que jamais je n'aurais autant ri de cette folie. Comme quoi, nous sommes bien pleins de peu de chose sur cette planète.

Miss Monde sort enfin de la salle de bain. Vous pensez peut-être que je suis cruel, mais j'aimerais bien vous voir à ma place. En plus, il a meilleure mine qu'avant. Je ne dirais pas qu'il sourit, on voit qu'il est tout de même un peu éprouvé par la situation, mais il semble aller mieux.

Malgré sa réticence, il accepte que nous nous dirigions ensemble chez son ami Egon. Il ne comprend pas bien pourquoi, mais le fait que je sois policier et que je lui assure que c'est pour l'enquête fait exploser ses dernières résistances.

Le trajet en voiture se déroule dans un silence pesant. Mon esprit ne cesse de tenter de trouver une approche rationnelle et, surtout, de réfléchir à comment exposer les faits sans passer pour un fou. Nous arrivons devant la porte de la maison. Intérieurement, je tremble, me demandant comment réussir à paraître crédible. Ma main se lève et après une seconde d'hésitation, j'appuie sur la sonnette.

Le carillon retentit, résonnant dans le silence de la rue. L'attente semble interminable, chaque seconde accentuant ma nervosité.

CHAPITRE 3 : EGON

Le produit s'est dissipé, j'émerge, la bouche pâteuse, l'esprit embrumé. Valérie est déjà assise en face de moi, elle me sourit tendrement. Sur ses genoux, Artémis est assis, et ce chat me fixe intensément. Il me faut plusieurs secondes pour retrouver complètement ma lucidité.

- Tu vas bien ? Me demande Valérie.

– J'ai encore du mal à réaliser ce qui s'est passé.

– Je te comprends, mais rassure-toi, nous sommes sur la bonne voie. Durant ta phase de réveil, Lisa et moi avons continué à parler. Même si cela n'a pas été évident, nous avons réussi à aplanir nos différends et surtout à tomber d'accord sur le fait que cette situation n'est pas normale.

– Et elle est toujours ici ?

– Oui, elle est toujours présente.

– Donc, elle nous entend.

Comme réponse, j'ai droit à un long miaulement de la part d'Artémis.

– Tu vois, elle t'a répondu elle-même, dit Valérie en riant.

– Quelle va être la suite ?

– Écoute, je dois t'avouer que la théorie que j'avais établie tombe complètement à l'eau. Je ne vois absolument pas pour le moment comment rétablir l'équilibre. La seule chose certaine, c'est que maintenant nous pouvons compter sur le chat et sur Lisa comme alliées.

Un silence s'installe, ponctué seulement par le ronronnement d'Artémis. Je sens l'inquiétude me ronger, mais Valérie pose une main rassurante sur la mienne.

– Ne t'en fais pas, murmure-t-elle. Nous trouverons une solution ensemble.

Je hoche la tête, cherchant à puiser de la force dans ses mots. Le chemin s'annonce difficile, mais au moins, je ne suis pas seul.

Je me lève du lit et descends les escaliers pour rejoindre la cuisine, j'ai besoin de boire, de bouger, arrivé à l'entrée de la pièce principale. Je sursaute au bruit de la sonnette de la porte d'entrée.

J'ouvre la porte, et, devant moi, se trouve l'inspecteur, accompagné de Miguel. Je suis surpris de les voir tous les deux là, devant chez moi.

« Bonjour, monsieur Gevaart. Je me suis permis de venir avec votre ami parce que j'aimerais vous entretenir de quelque chose. »

« Si vous voulez. Vous avez des nouvelles à m'annoncer ? »

« Je préfère en parler à l'intérieur. »

Je n'ai pas d'autre choix que d'accepter. Ils entrent tous les deux. J'accueille Miguel avec une étreinte et lui demande comment il se porte. Sa réponse est un peu distante et distraite. Je me dis qu'il ne veut pas s'épancher devant un inconnu. Nous nous installons dans le salon. Je leur propose une tasse de café, mais ils déclinent tous les deux.

Valérie entre dans la pièce, Artémis dans les bras. Elle est un peu surprise de voir Artémis s'agiter de la sorte. Elle lui pose une question, et celui-ci répond par un miaulement qui ferait briser n'importe quel cristal. Je vois le visage de Valérie changer de couleur, et ses yeux se tournent vers Miguel.

« Que se passe-t-il, Valérie ? » lui dis-je, voyant bien la peur se dessiner sur son visage, celui de Lisa, enfin d'Artémis.

« Ton ami, ce n'est pas ton ami. Lisa est formelle, elle le sent, elle le sait. C'est Arnaud qui a pris possession de ton ami. »

« Elle est douée, la petite salope de voyante. Franchement, je suis bluffé. » C'était la bouche de Miguel qui bougeait, mais ce n'était pas sa voix.

« Vous êtes qui, bordel ? » criai-je.

Certains me connaissent sous bien des noms, mais le plus connu pour vous est Arnaud pour certains et Le Gardien pour d'autres. » nous avons eu la chance il y a quelques instants de déjà faire connaissance, vous vous souvenez lors de votre voyage à travers les limbes

Je ne savais quoi penser. Artémis sauta des bras de Valérie et, en une fraction de seconde, bondit avec une telle rage sur Miguel que j'ai cru un instant que mon chat s'était transformé en tigre. Le pseudo-Miguel ne put empêcher la première attaque, la première salve était dirigée vers son visage, surtout en direction de ses yeux. Il réussit à l'attraper lors d'un nouvel assaut. Mais là, Miguel s'était préparé. Il saisit le chat par le cou et le dirigea vers son visage.

« Ma petite Lisa, toujours aussi farouche à ce que je vois. Comme je suis content que l'on se retrouve après toutes ces années. Dommage que l'on doive se quitter si tôt. »

Il saisit le chat et d'un coup sec lui brisa la nuque. J'avais envie d'hurler, mais ma bouche resta grande ouverte. L'inspecteur qui était assis à côté de Miguel était pétrifié pas la terreur qui l'habitait.

D'un bond, Miguel se précipita hors du divan, imitant le chat. Il attrapa Valérie à la gorge et me fixa avec une joie indescriptible.

« Tu te rends compte que je m'offre deux petites putes pour le prix d'une, si ce n'est pas Noël ça ? », dit-il avec un sourire cruel.

Une rage folle monta en moi et je me jetai sur lui. Sous mon poids et ma force, il s'écroula au sol, entraînant Valérie dans sa chute. La petite table de salon se renversa, les bouteilles qui s'y trouvaient se brisèrent en mille morceaux. Je le saisis à la gorge, le serrant fort. Soudain, je ressentis une douleur dans le ventre, le goût du sang me monta à la bouche. Je le vis retirer sa main, qui était collée à mon ventre, puis il replongea un morceau de verre. La douleur était insupportable, je me sentais froid. Ma vision se brouillait peu à peu. Je tournai mon visage pour regarder une dernière fois Valérie. Elle était allongée, immobile, son teint blafard et les yeux grands ouverts. Quant à moi, mes paupières se fermaient lentement. Un léger bruit parvint à mes oreilles : le petit son répétitif d'un bip.

CHAPITRE 4 : REVEIL

Je reviens lentement à moi, émergeant d'un brouillard dense, aussi insaisissable que les derniers vestiges d'un rêve avant l'aube. Mon corps semble étranger, lourd, engourdi. Mes paupières sont des enclumes. Chaque clignement m'apporte une brève lueur blanche, éclatante, aussitôt engloutie par l'obscurité. Un bourdonnement sourd emplit mes oreilles, et des murmures indistincts flottent autour de moi, lointains, irréels, comme soufflés depuis une autre dimension.

J'essaie de bouger. Rien. Mon propre corps me résiste. Une couverture râpeuse contre ma peau, l'odeur acide et aseptisée de l'air, le bip régulier d'une machine invisible… Ce n'est pas chez moi. Une vague d'inquiétude me traverse, s'insinue dans mon esprit encore embrumé. J'ouvre la bouche pour parler, mais ma gorge est sèche, rêche comme du papier de verre. Seul un râle faible s'en échappe.

Une silhouette se penche au-dessus de moi. Floue, indistincte. Puis peu à peu, les traits prennent forme : un homme en blouse blanche. Mes yeux peinent à se focaliser, mais un détail accroche mon regard : un nom brodé sur sa blouse. Dr Trian. Ce nom… il résonne en moi, étrangement familier.

- Calmez-vous, Monsieur Gevaart. Sa voix est douce, posée. « Vous êtes à l'hôpital. Vous avez été dans le coma pendant un certain temps. »

Le coma. Le mot se fracasse contre mon esprit encore fragile. Un frisson me parcourt. Ce que j'ai vécu… était-ce une illusion ? Mon cœur s'emballe alors que ma mémoire vacille, cherchant des repères. Tout semblait si réel. Les sensations, la peur, la douleur…

Un prénom s'échappe de mes lèvres sans que je l'aie décidé.

- Lisa…

Le regard du médecin s'adoucit. « Votre femme va bien. Elle est ici. Elle a veillé sur vous chaque jour. »

Un électrochoc. Lisa… en vie ? Les images affluent en désordre : son corps inerte, le vide abyssal de son absence, la douleur insupportable. J'essaie de me redresser, mais une vague de souffrance m'écrase aussitôt, m'enfonçant dans le matelas.

- Ne bougez pas, » m'avertit le Dr Trian. « Votre corps a subi un choc violent. Il vous faudra du temps pour vous remettre.

Je ferme les yeux, tentant d'échapper au chaos dans mon crâne. Combien de temps ai-je été enfermé dans ce cauchemar ? Semaines ? Mois ? Ce que j'ai vécu était si tangible… Mon souffle est court, irrégulier. Le médecin pose une main rassurante sur mon bras.

- Votre esprit a essayé de reconstruire une réalité à partir du traumatisme. Mais maintenant, vous êtes réveillé. Tout est terminé.

Est-ce vraiment terminé ?

La porte s'ouvre. Une silhouette familière entre. Lisa. Ses yeux rougis par la fatigue, ses traits tirés, mais son sourire tremblant d'émotion. Mon cœur se serre. Une part de moi peine à y croire. Elle approche, prend ma main dans la sienne. Sa peau est chaude, réelle.

- Egon… Mon amour… Sa voix vacille, un mélange de joie et d'incrédulité.

Les larmes me montent aux yeux. C'est bien elle. Elle est vivante.

Nous restons ainsi, en silence, sa main dans la mienne, comme pour ancrer ce moment dans la réalité. J'ai tant de questions, mais pour l'instant, seul compte ce contact, cette certitude : Lisa est là.

Le Dr Trian reprend doucement. « Ce que vous avez vécu dans votre coma… Peut-être devriez-vous en parler. Cela pourrait vous aider à comprendre. »

Je déglutis. Une angoisse sourde me tord l'estomac.

- J'ai… vécu des choses. Des choses terribles. Ma voix est rauque, à peine un murmure. « Je pensais que Lisa était morte. Que tout était fini. J'étais piégé dans un cauchemar sans fin. »

Le médecin hoche la tête, encourageant. Lisa serre ma main plus fort.

- Nous allons traverser cela ensemble.

Je la regarde, inspirant profondément. Oui. Ensemble. Mais une question reste en suspens, tapie dans un coin obscur de mon esprit.

Si ce que j'ai vécu n'était qu'un rêve… Pourquoi ai-je encore l'impression d'être piégé ?

Les jours passent. Lisa est toujours à mes côtés, et je m'accroche à cette réalité. Pourtant, chaque nuit, des images reviennent. Une ombre rôde dans mes rêves. Un murmure à peine perceptible.

« Tu crois vraiment être sorti du labyrinthe ? »

Et chaque matin, je me réveille en me demandant si tout cela est réel.

Arnaud ! Pas le Gardien que j'ai connu.

Un gouffre noir où rien ne vit.

evrais !

veux hurler. Bouger. Fuir. Mais mon
réveille en sursaut, haletant. La lumière
avers les stores de la chambre. Mon
ie. Un rêve ? Un simple rêve ?

e sur mon visage. Ma peau est glacée.

te vers la porte, mon sang se fige.

e, une trace. Une empreinte. Une
cette inscription « le Gardien te salue

ient ce n'était même pas un

sol de l'encadrement de la porte.

fle :

nthe…

CHAPITRE 5 : L'OMBRE DU DOUTE

Les jours s'écoulent, rythmés par les visites médicales et les séances de rééducation. Mon corps se réhabitue lentement aux gestes les plus simples : marcher, tenir une fourchette, serrer la main de Lisa sans trembler. Mais mon esprit, lui, vacille encore entre deux réalités.

Lisa est là, toujours. Son regard déborde d'amour et de soulagement, et pourtant… quelque chose cloche. Une sensation persistante, sourde, comme un murmure insaisissable à la lisière de ma conscience.

Chaque nuit, je me réveille en sursaut. En sueur. Mon souffle court. Et toujours cette phrase, chuchotée dans l'ombre :

« Tu crois vraiment être sorti du labyrinthe ? »

CHAPITRE 6 : COMME QUOI !

- Tu es ailleurs !

La voix de Lisa me ramène brutalement à la réalité. Nous sommes assis à la cafétéria de l'hôpital. Elle tient ma main, son pouce caressant doucement ma peau, mais son regard trahit son inquiétude.

- Je… Je secoue la tête, tente de lui sourire. « Juste fatigué.

Elle fronce les sourcils. « Ce n'est pas que ça. Je te vois lutter. Tu as des cauchemars, n'est-ce pas ? »

Je détourne le regard, fixant le café tiède dans mon gobelet. L'hôpital est bruyant autour de nous, mais à cet instant, le monde semble se réduire à nous deux.

- C'est comme si… Je cherche mes mots. « Comme si une partie de moi était encore là-bas. Coincée. »

Lisa resserre son étreinte sur ma main.

- Tout cela, ce que tu as vécu dans le coma… Ce n'était qu'une illusion. Elle inspire profondément. « Mais si tu as besoin d'en parler, je suis là. »

Je veux la croire. Mais alors… Pourquoi ai-je encore cette impression d'être observé ?

La nuit
Trian
d'hôp
désin

Les

Je r
ma

M
in

Mais ce n'est pas lui. Pas

Celui-ci a un regard vide.

- Tu as peur, Egon ? Tu d

Il tend la main vers moi. J
corps ne répond pas. Je m
blafarde de l'aube filtre à tr
cœur cogne dans ma poitri

Je passe une main tremblan

Mais alors que je tourne la tê
Celle-ci est entrouverte.

Et au sol, juste devant l'entré
marque est inscrite avec juste
bien ».

Je n'ai pas rêvé. Malheureusem
cauchemar

Je fixe l'inscription marquée au

Et je murmure, à peine un souf

- Je ne suis jamais sorti du labyr

Fin

(Mons 2025)

À PROPOS DE L'AUTEUR

Olivier De Pooter est un auteur belge passionné par l'exploration de l'âme humaine à travers la littérature.

Avec *Le Labyrinthe d'Egon*, son premier roman, il propose une immersion profonde dans les thèmes de la solitude, de la résilience et de la quête intérieure.

Inspiré par la complexité des émotions et les silences qui habitent les relations humaines, il s'attache à donner voix aux labyrinthes invisibles que chacun porte en soi.

Quand il n'écrit pas, Olivier cultive son amour pour la poésie, la musique mélancolique et les histoires qui questionnent le cœur autant que l'esprit, artiste peintre et art-photography.

Le Labyrinthe d'Egon est une invitation à se perdre pour mieux se retrouver.

Déjà paru:

- Voyage dans mon monde imaginaire: poèsie et art-photography
- Mons itineraire en images : Art photography
- Itineraire d'un poème perdu: Poèsie (Edition Le lys Bleu)